DIE FACKELJUNGFRAU

Ludwig Ganghofer

DIE FACKELJUNGFRAU

EINE BERGSAGE

Weltbild

Besuchen Sie uns im Internet:
www.weltbild.de

Sonderausgabe für Verlagsgruppe Weltbild GmbH,
Steinerne Furt, 86167 Augsburg
Umschlaggestaltung: Agentur Zero GmbH, München
Umschlagmotiv: »König Krokus und die Waldnymphe«,
Moritz von Schwind
Gesamtherstellung: Oldenbourg Taschenbuch GmbH,
Hürderstraße 4, 85551 Kirchheim
ISBN 3-8289-7855-X

2008 2007 2006 2005
Die letzte Jahreszahl gibt die aktuelle Lizenzausgabe an.

1

Der weiße Winter lag über dem einsamen Windachtal. Das war ein stilles Leben im Jägerhaus; durch lange Monate sah man keinen Menschen; nur Uzzo, der junge Fischer, der zwei Stunden talabwärts seine Hütte hatte, sprach zuweilen für ein Stündlein vor, wenn er in der halb vereisten Windach Forellen fischte, um sie nach dem fünf Stunden entfernten Kloster zu tragen, dem sie alle beide dienstbar waren, Uzzo und Guntram, der Jäger. Fast in der Mitte des schmalen, aber stundenlangen Tales stand das Jägerhaus; es war aus schweren Felsbrocken gemauert, denn es mußte dem rauhen Winter und den wilden Stürmen der Berge trotzen; mit großen Steinen war das weit vorspringende Schindeldach beschwert; unter dem First sah man zwei Bärenhäupter und drei Luchsköpfe an die Mauer genagelt; ein mannshoher geflochtener Hag umzog den weiten Garten, um von den Kohlbeeten und Obstbäumen das Wild abzuhalten, das in den Nächten, in schweren Wintern sogar am hellen Tag bis dicht an das Jägerhaus herankam. Rings um den Hag war der Schnee durchwühlt von Hochwildfährten, und lange vor Einbruch der Abenddämmerung standen schon immer die hungernden Tiere in den nahen Gebüschen, auf den Augenblick wartend, in welchem Guntrams Mutter, die alte Sanna, vor das Tor trat, um zwei große Bündel Bergheu in die am Hag angebrachten Raufen zu legen. Das Wild scheute die alte Frau nicht mehr; noch ehe sie im Tor verschwand, kamen die Hirschkälber schon herangetrollt und zupften gierig am Heu.

Da war es nun am Abend vor Lichtmeß. Der Himmel leuchtete wie mattes Gold, und ein duftiger Schimmer lag über den beschneiten Bergen. Überall tiefe Stille. Nur die Windach murmelte eintönig in ihrem tief gesenkten Felsenbett, aus welchem dünne Nebel hervorqualmten; denn das Wasser des Baches, der sich aus Quellen sammelte, war wärmer als die Luft. Zuweilen auch klang, weit her aus einem Winkel des Tals, eine singende Männerstimme; Uzzo fischte in einem Nebenbächlein der Windach – doch mußte er schon auf dem Heimweg sein, denn seine Stimme, wenn sie nach kurzem Schweigen sich wieder hören ließ, klang immer näher.

Vor dem Zauntor des Jägerhauses stand Mutter Sanna, die Hände zum Schutz wider die Kälte unter der Schürze bergend. Sie hatte Heu in die Raufen gelegt und schaute nun – wie sie es gerne zu tun pflegte – dem vertraut äsenden Hochwild zu. Sieben Kälber standen bei den Raufen, ein paar Muttertiere hatten sich schon zu ihnen gesellt, und in den dichten Zwergföhrenbüschen sah man das Geweih eines Spießers gaukeln, den der Hunger langsam näher trieb.

Mutter Sanna fröstelte; auf dem Kopf trug sie wohl die Pelzhaube, unter der die grauen Haare zausig hervorquollen; aber der dünne Rock aus braungefärbtem Leinen und die aus Hirschleder plump geschnittene Jacke waren ein dürftiger Schutz wider die Kälte. Doch immer noch stand sie. Aus ihrem weißen, von zahllosen Fältchen durchzogenen Gesicht und aus ihren grauen, freundlich blickenden Augen sprach der Ausdruck des tiefen Erbarmens, das der Anblick des hungernden Wildes in ihrem Herzen weckte.

Plötzlich hoben die bei den Raufen stehenden Muttertiere lauschend die Köpfe und stoben in jäher Flucht den Büschen zu; die verdutzten Kälber äugten eine Weile hin und her, dann trollten auch sie sich in das schützende Dickicht.

Mutter Sanna blickte sich um. Vom Ufer der Windach kam Uzzo durch den tiefen Schnee einhergestapft. Über der Schulter trug er die lange, schwankende Angelgerte, an der die gefrorene Schnur einen steifen Bogen machte; hinter seinem Rücken hing an festem Riemen das schwere Fischlägel, von welchem reichliches Wasser niedertropfte; sein ganzes Gewand, die Ottermütze ausgenommen, bestand aus schwarz gewordenem Leder, das bei jedem Schritt und jeder Bewegung raschelte; die Stiefelhosen waren starr gefroren und bis hoch über die Knie mit Eis behangen. Trotz dieser ungefügen Kleider verriet sich der jugendlich geschmeidige Körper, den sie verhüllten. Um den Rand der Ottermütze kräuselte sich in dichten Ringeln das Blondhaar, das, wie der schüchtern sprossende Bart, von weißem Eisduft überhaucht war. Die Wangen brannten von der Kälte, hell blitzten die blauen Augen, und von den roten, lachenden Lippen dampfte der Atem.

Grüßend nickte Mutter Sanna dem Fischer zu, und Uzzo dankte freundlich; er deutete mit der Hand gegen den Bergwald, dann gegen das Haus; das sollte heißen: »Ist Guntram schon daheim?«

Mutter Sanna schüttelte den Kopf, trat näher, klopfte mit dem Knöchel an das Lägel und schaute den Fischer fragend an.

Dreimal zeigte Uzzo die beiden Hände mit offenen Fingern; dazu lachte er. Dreißig Forellen!

Mutter Sanna hob die Arme und öffnete den Mund – sie staunte über den guten Fang. Mit dem Finger tippte sie dem Fischer auf die Brust, deutete gegen das Haus und hauchte in die Hände. Das sollte heißen: »Willst du dich drinnen am Feuer nicht wärmen?« Uzzo nickte, und ihm voran betrat Mutter Sanna den Hofraum, sorgsam das Tor wieder schließend. Während sie im Haus verschwand, lehnte der Fischer die Angelrute an die Mauer und ging auf den laufenden Brunnen zu. Den im Lägel verwahrten Fischen gab er frisches Wasser und holte drei große Forellen hervor, die er in den mit Wasser halb gefüllten Steintrog gleiten ließ. Das war ein Geschenk für Mutter Sanna; sie würde die Fische am Morgen schon finden, meinte er. Und damit die Forellen während der Nacht nicht ausspringen möchten, deckte er ein vor dem Brunnen auf der Erde liegendes Weidengeflecht über den Trog.

Nun trat auch er ins Haus. Die Wände des Flurs starrten von Hirsch- und Gemsgeweihen. Im Hintergrund sah man durch die offene Tür in eine kleine Küche, und zur Rechten führte eine Tür in den Stall, in dem eine Kuh und zwei Geißen standen; man hörte die Kuh mit der Kette rasseln – und die eingesperrten Hennen gackerten. Zur Linken ging's in die Wohnstube, die das einzige Zimmer zu ebener Erde war.

Tiefe Dämmerung lag schon in dem Raum, als Uzzo ihn betrat. Der trübe Schliem*, mit dem die zwei kleinen Fenster überspannt waren, ließ ja auch bei hellem Tag das Licht nur spärlich einfallen; dazu verliehen noch die vor Alter braun gewordenen Lärchenbohlen, mit denen die Wände verschalt waren, dem Raum eine heimliche Dunkelheit, aus der die blank gescheuerte Tischplatte und der getünchte, eine wohlige Wärme ausstrahlende Lehmofen weiß hervorleuchteten. Auch hier Geweihe um Geweihe auf jedem Flecklein der Wand; eine Bank entlang den beiden Fenstermauern, eine zweite rings um den Ofen, und dazu ein paar dreibeinige Stühle, ein Schrein und eine Truhe. Neben der Tür, an einem aus Geweihsprossen gebildeten Rechen, hing das Weidmesser und die Armbrust, die Guntrams Vater einst getragen. In der Mauerecke zwischen den Fenstern war ein kleiner Altar errichtet, auf dem, zu Füßen eines mit Palmzweigen geschmückten Kreuzes, ein roh geschnitztes und grell bemaltes Marienbildchen stand; und sieben frische Kerzen waren aufgesteckt, welche Mutter Sanna aus dem Wachs der wilden Immstöcke gegossen hatte.

Uzzo setzte sich in den Ofenwinkel; die Wärme schmolz den Schnee und das Eis, so daß von des Fischers Gewand das Wasser in dünnen Bächlein über die Dielen rann. Mutter Sanna saß auf der Fensterbank und spann; leise schnurrte die Spule, und manchmal quiekste die Kurbel ein wenig. Sonst war es still in der Stube, und von den beiden kümmerte sich keines ums andere. Für die Zeichensprache war es schon zu dunkel, und laute Worte hätte Mutter Sanna weder gehört noch erwidert – weil sie taubstumm war. Seit vierzehn Jahren! Guntram war, als das Unglück geschah, ein zwölfjähri-

---

* (S. 8) Gegerbte Netzhaut, als Ersatz für Glas.

ger Bub gewesen. Da hatte einmal, gegen Abend, ein furchtbares Ungewitter alle Berge erschüttert und die halben Wälder gestürzt. Die Nacht brach ein, und Vater Kunrad war noch immer nicht zu Hause. Stunde um Stunde wartete Sanna unter der Tür auf die Heimkehr ihres Mannes. Dann trieb die sorgende Unruh sie hinaus in den finsteren, vom Sturm durchtobten Bergwald. Als sie unter einer alten Fichte stand und den Namen ihres Mannes hinausschrie in Sturm und Nacht, fuhr ein Blitz hernieder und zerschmetterte den Baum.

Am andern Morgen fanden Kunrad und Guntram das arme Weib, noch halb bewußtlos. Mutter Sanna erholte sich allmählich wieder, aber Gehör und Sprache hatte sie für immer verloren. Von Stund an nagte an Kunrad eine tiefe Schwermut; denn er maß sich die Schuld an dem Unglück bei; hätte er vor dem strömenden Regen nicht Schutz in einer Höhle gesucht, sondern den Heimweg rechtzeitig angetreten, dann wäre das Unheil nicht geschehen! Als sich endlich nach Jahren sein Gram zu mildern begann, mußte er eines gewaltsamen Todes sterben. Er wurde von einem weidwunden Hirsch geforkelt: Die scharfe Geweihsprosse drang ihm durch das Auge ins Gehirn.

Fünf Jahre waren seitdem vergangen. Das böse Geweih hing jetzt im Herrgottswinkel und trug auf seiner Schale das Kruzifix.

Draußen sank der Abend, und in den trüben Fenstern erlosch der letzte Schimmer von Licht. Mutter Sanna erhob sich, stellte das Spinnrad, schlug Feuer, und mit dem bläulich brennenden Schwefelfaden zündete sie vor dem Marienbild, nach altem Brauch, zur Feier der Lichtnacht die sieben Kerzen an. Lautere Helle durchströmte den kleinen traulichen Raum. Mutter Sanna ließ sich auf die Knie nieder und faltete über dem Tisch die Hände; der Fischer zog die Ottermütze vom Kopf und sprach mit murmelnder Stimme den Mariengruß.

Da knarrte draußen das Hagtor, und der helle Laut eines Hundes ließ sich vernehmen. Uzzo öffnete die Tür, und eine hohe, braunhaarige Bracke schoß in die Stube. Freudig winselnd sprang der Hund ein paarmal an Mutter Sanna hinauf, machte die Runde unter Tisch und Bänken, schnupperte an Uzzos Beinen und legte sich mit hängender Zunge im Ofenwinkel nieder.

Eine schlanke Gestalt füllte die Tür. Es war Guntram – ein Bild jugendlicher Kraft und männlicher Schönheit. Das Gesicht und die nackten Knie, die den Frost des Winters nicht fühlten, schienen wie aus Erz gegossen. An den Füßen trug er eisenbeschlagene Bundschuhe, und dicke Strümpfe aus weißer Hasenwolle umhüllten die Waden. Die kurzen Hosen und das Wams, unter dem das grobe Leinenhemd hervorquoll, waren aus braun gefärbtem Hirschleder, das mit geschmeidigen Falten allen Linien des kräftigen Körpers folgte. Eine Spielhahnfeder schmückte die aus Marderfell genähte Kappe. In glatten Strähnen fiel das schwarze Haar bis auf die Schultern und schwankte bei jeder Bewegung um die noch bartlosen Wangen. Nur auf der Oberlippe lag der keimende Flaum wie ein dunkler Schatten. Unter starken Brauen blitzten die schwarzen Augen, kühn und lebensvoll – man sah es diesen Augen an, daß ihr Blick den Adler fand, auch zuhöchst in den Lüften. Und als der Jäger nun die Armbrust von der Schulter nahm, da meinte man fast, daß unter seinen Fingern der Schaft der Waffe zerbrechen müßte.

Doch sanft und herzlich war der stumme Gruß, zu dem er schmeichelnd die Hand über die Wange seiner Mutter streifte. Lächelnd blickte Mutter Sanna zu ihm auf; dann verließ sie die Stube, um in der Küche Feuer zu schüren. Auch den Fischer grüßte Guntram mit wortlosem Händedruck; seine Zunge war im Verkehr mit der stummen Mutter des Sprechens entwöhnt. Er hängte Kappe, Weidmesser und Armbrust an den Rechen und setzte sich neben Uzzo auf die Ofenbank.

»Heut nacht wird's kalt machen!« sagte der Fischer. Guntram nickte.

»Es hat schon am Tag ausgegeben!« lachte Uzzo, während er sich die Hände rieb. »Wie's auf den Abend zugegangen ist, hab ich gemeint, es friert mir die Knochen aus dem Leib. Hast auch gefroren?«

Der Jäger schüttelte den Kopf.

»Freilich, du bist ja selber ein Eiszapfen. Ich glaub, du kannst dich in Schnee legen und meinst heilig, es wär ein Federbett. Aber weißt, das Wasser, das geht einem in die Haut. Ich kann's schon kaum erwarten, bis wieder Sommer wird ...« Uzzo pufft den Jäger mit dem Ellbogen in die Seite. »Und Almenzeit! Gelt, da freust dich auch schon?«

»Warum?« Guntrams Stimme klang wie eine Glocke, an die man leise mit dem Finger schlägt.

»Warum? Weil die Maiden auftreiben nach den Hütten.«

»Was gehen mich die Maiden an?«

»Geh, du! Wirst dir doch auch einmal eine aussuchen, recht eine bildsaubere!«

Guntram schüttelte den Kopf. »Ich bleib allein bei der Mutter. Ein fremdes Weiberleut tät sich nicht vertragen mit ihr.«

»Geh! So hab ich schon oft einen reden hören, und über Nacht ist sein Herzl an der Angel gehangen und hat angebissen, daß kein Loskommen nimmer war. Da sag ich's schon lieber gleich: Heuer such ich mir eine aus, die mir taugt. Aber gar weit und hoch droben darf sie nicht almen, weißt, daß man einen kurzen Hinweg hat und sich mit dem Heimweg nicht tummeln muß.« Uzzo erhob sich lachend. »Jetzt muß ich aber schauen, daß ich weiterkomm!« Sie gingen der Tür zu. »Ja, du, was ich sagen will: Am Fallbach droben hab ich zwei Füchs gespürt.«

»Zwei? Sag: hundert. Ich weiß gar nicht, wo heut auf einmal die Füchs all herkommen. Auf Schritt und Tritt bin ich an eine Fährt hingelaufen.«

Sie traten ins Freie. Matt glitzerte der Schnee, und mit bläulichem Weiß hoben sich die Berge in den dunklen Himmel, an welchem zahllose Sterne flimmerten. Uzzo hatte das Lägel vom Brunnen geholt und die Angelrute geschultert. Er wollte sprechen, aber Guntram legte die Hand auf seinen Arm.

»Horch!«

Sie lauschten. Aus weiter Ferne klang das heisere Gebell der Füchse.

»So viel hab ich noch meiner Lebtag nicht gehört auf einem Fleck!« sagte Uzzo und lauschte wieder. »Aber was ist denn das? Schau nur!« Er deutete mit der Angelrute nach einer fernen Höhe des Tals; dort sah man über den Wipfeln der Bäume kleine Flammen zucken und gaukeln. »Das müssen Irrwisch sein!« Uzzos Stimme dämpfte sich zum Flüstern. »Oder die Elfen tanzen.«

»Unsinniges Zeug«, murmelte Guntram. »Seit acht Jahr bin ich Tag und Nacht im Wald gewesen und hab noch nie einen Elf gesehen.«

»Beruf's nicht!« flüsterte der Fischer und schlug ein Kreuz. »Das mögen sie nicht leiden, daß man so redet von ihnen!« Schweigend blickten sie wieder in die Ferne, in der die seltsamen Lichter zu einem rötlichen Schein zerflossen, der die Wipfel der Bäume schimmernd umspann. Es war anzusehen, als gingen Leute mit Fackeln durch den Wald. »Wenn's nicht die Elfen sind ... was denn sonst?« murmelte Uzzo.

»Was weiß denn ich? Es gibt viele Dinge in der Welt, für die unsereins nicht den Kopf hat. Wenn du wieder hineinkommst ins Kloster, dann frag den Pater Ortolf. Der weiß alles. Und jetzt gute Nacht!« Guntram war des vielen Redens müde geworden.

Mit einem Händedruck schieden sie. Der Jäger schloß hinter Uzzo das Hagtor; unter der Haustür blieb er wieder stehen und spähte in die Ferne, aus der noch immer das Bellen der Füchse klang; doch war der wunderliche Schein beinah verschwunden. Da merkte Guntram, daß sich der Himmel zu hellen begann. »Der Mond wird's gewesen sein«, dachte er, »im Aufsteigen hat er durch eine Bergscharte hergeschienen über den Wald.«

Auch Uzzo mochte das Gruseln schon überwunden haben; aus der Senkung des Tales herauf klang sein fröhlicher Jodelruf, und als er zu singen begann, konnte Guntram in der stillen Winternacht jedes Wort verstehen:

»Töchterlein, du sollst nit minnen;
Eh du hast die zwanzig Jahr,
Sollst nit süßes Spiel beginnen,
Schau, es bringet Not und Fahr!
Eia, Müetterlein,
Laß das Mahnen sein,
Ich bin jung, und Blümlein sprießen,
Will die Maienzeit genießen!
Eia, eia, huladei,
Lieb und Mai, Lieb und Mai,
Gehen allezeit selbander
Lassen nimmer voneinander,
Nimmer, nimmer, nimmermeh,
Eia, huladei, juhe!«

Von den schneebehangenen Bergwänden klang das Echo des Jauchzers, mit dem der Fischer sein Liedlein schloß.

Da legte sich eine Hand auf Guntrams Schulter; Mutter Sanna holte ihn zur Mahlzeit. Der Jäger nickte, und während seine Mutter in die Stube trat, schloß er die Haustür und schob den schweren hölzernen Riegel vor.

2

Lange vor Anbruch der Dämmerung verließ Guntram am folgenden Morgen das Jägerhaus. Vor dem Hagtor stand er eine Weile und lauschte; er hörte nur vom Dickicht her das Brechen des Rotwildes, das er von den Raufen verscheucht hatte; aber nirgends mehr, weder im Tal noch auf den Bergen, ließ sich ein Fuchs vernehmen. Das nahm ihn wunder. Waren die roten Räuber über Nacht schon ausgewechselt aus seinem Revier? Und weshalb und woher waren sie gekommen, in solcher Menge, wie er sie am Abend gespürt? Er wußte wohl, daß sich im Hochsommer oft die Hirsche auf moorigen Bergwiesen zu Hunderten aus weiten Gegenden her zu sammeln pflegen. Aber daß es auch die Füchse lieben, zu gewissen Zeiten sich in solcher Weise zu sammeln, das war ihm neu.

Für alle Fälle mußte er nun doppelt wachsam sein. Denn bei hohem Schnee ist der Fuchs ein böser Feind der müden, von Hunger und Mühsal abgezehrten Hirschkälber und Gemskitze.

Als er eine Strecke des Tales emporgestiegen war, legte er einen Bolz in die Schiene der Armbrust, hielt die Waffe schußfertig in der Hand und spähte mit blitzenden Augen in der Dämmerung umher, während er lautlos dahinschritt. Er hatte die Bundschuhe mit dicken Lappen umwickelt, damit der Schnee unter seinen Tritten nicht knirschen möchte.

Der Mond war lange schon untergegangen, und auch die Sterne begannen schon zu erlöschen; nur der Sirius brannte noch wie eine Fackel. Immer blässer wurde der Himmel, und die weichende Dämmerung entschleierte die Berge. Zu schwindelnder Höhe stiegen die beschneiten Felsen empor, so daß der Blick ihre hochragenden Zinnen vom fahlen Himmel kaum zu scheiden wußte. Kein Windhauch rührte die kalte, klare Luft. Lautlos schlummernd standen alle Bäume und ließen das dunkle Grün der Nadeln nur schüchtern hervorlugen unter dem dichten Schneebehang.

Als die erste matte Röte den Himmel und die höchsten Spitzen der Berge färbte, erreichte Guntram eine Waldwiese, an deren Saum eine Sennhütte stand, fast versunken in Schnee. Schon wollte er wieder den Wald betreten, da sah er zwischen den Bäumen etwas Rotes huschen. Ein Fuchs! Nein, ein Pärchen gleich! Ein Rüde mit seiner Feh! Die buschigen Ruten gestreckt, miteinander spielend und kosend, kamen sie über den Schnee einhergetrollt, immer näher und näher. Guntram stand wie ein Baum, die Armbrust an der Wange. Er wartete einen Augenblick ab, in dem die Raubtiere, dicht aneinandergeschmiegt, Seite an Seite liefen. Da ließ er die Sehne schwirren. Und er hatte gut gezielt! Einen einzigen hohen Satz noch machten die Füchse, dann lagen sie verendet im Schnee, der sich färbte von ihrem rinnenden Blut. Bei diesem letzten Todessprung der beiden Tiere ließ sich ein Laut vernehmen, so seltsam, wie von einer klagenden Menschenstimme. Aber Guntram hörte nicht, denn er sprang mit einem Jauchzer auf seine Beute zu, in heller Freude über den glücklichen Schuß; der Bolz war dem Rüden durch die Kehle geflogen und hatte sich in das Herz der Feh gebohrt. Als Guntram sich niederbeugte und den mit Blut besudelten Bolz dem verendeten Raubtier aus der Wunde zog, hörte er hinter sich ein seufzendes Stöhnen. Betroffen richtete er sich auf. Und da wußte er nicht, wie ihm geschah. Wenige Schritte vor ihm stand ein junges Mädchen von wundersamer Schönheit, wie in schmerzvoller Erschöpfung an einen Baum gelehnt. Ein weißes Gewand, verbrämt mit weißem Dunenpelz, umhüllte den schlanken, in weichen Formen blühenden Leib. Ihr zu Füßen lag der erloschene Stumpf einer Fackel. Guntram sah ihn nicht, denn seine Blikke hingen gebannt an dem schmalen, weißen Gesichtchen, das von rötlich schimmernden Haaren in sanften Wellen umflossen war. Und zwei große blaue Augen starrten ihn an mit Jammer und Entsetzen, während schimmernde Zähren über die Wangen niederperlten. So standen die beiden lange schweigend, Aug in Auge. Endlich trat Guntram auf das Mädchen zu und fragte stammelnd: »Wer bist du?«

Sie sah ihn wortlos an.

»So rede doch, Mädchen! Wer bist du? Wie kommst du hierher? In diese Öde? So früh am Tag und bei diesem Schnee?«

Da schlug sie, laut schluchzend, die Hände vor das Gesicht und drohte niederzusinken. Der Jäger sprang hinzu und umfing sie mit seinen starken Armen.

Beim ersten Anblick des Mädchens hatte ihn ein abergläubischer Schreck durchzuckt. Wie aber hätte er jetzt noch zweifeln mögen an ihrer holden Wirklichkeit, da sie in seinen Armen lag, zitternd vor Angst und Frost, in Tränen und Schluchzen. Er sprach zu ihr mit freundlichen Worten, er fragte und tröstete, aber sie erwiderte keinen Laut, und ihre Tränen wollten nicht versiegen. Da er merkte, daß sie vor Erschöpfung fast einer Ohnmacht nahe war, führte er sie zur nahen Sennhütte, und während er das Mädchen mit dem einen Arm umschlungen hielt, stieß er mit dem andern die Tür auf. Es sah in dem kleinen, dunklen Raum gar unwirtlich aus. Guntram ließ das Mädchen auf den Kreister sinken, bedeckte die Frierende mit Heu und eilte zum Herd, um ein hellflackerndes Feuer zu schüren. Bald brannte prasselnd und krachend das dürre Holz.

Guntram schloß die Tür, und bald erfüllte eine wohlige Wärme den Hüttenraum. Da an beiden Fenstern die Läden vorlagen, war in der Hütte kein anderes Licht als nur der rötliche, zitternde Widerschein des flackernden Herdfeuers. Am Fußende des Kreisters ließ sich Guntram auf einen Holzblock nieder; die Fremde hielt das Gesicht in die Arme gedrückt, und mit ihrem dumpfen Schluchzen mischte sich das Knistern und Rauschen der Flammen und das Klatschen der schweren Wassertropfen, zu denen die ausströmende Wärme den Schnee über dem Dach zerschmolz.

Stille Minuten vergingen, das Schluchzen des Mädchens verstummte; zitternd lag es, die Hände unter der Wange, und blickte mit nassen Augen in die züngelnde Herdflamme, bis nach einer Weile tiefer Schlummer über seine Lider fiel.

Guntram rührte sich nicht; sein scheuer Blick hing an dem schönen Gesicht der Fremden, auf dem der Schlaf jeden Zug von Schmerz und Erschöpfung verwischte und ein träumerisches Lächeln weckte. Tausend Fragen kreuzten sich in den Gedanken des Jägers. Wie kam die schöne Fremde in diese Einsamkeit der Berge? Allein? Um solche Stunde? Bei solchem Schnee? Sie mußte das Kind reicher Leute sein – das war an ihrem feinen Gewand und ihren zarten Händen leicht zu merken. Auch stand wohl ihr Elternhaus in weiter Ferne; denn in den Herrenhäusern, die Guntram kannte, trugen die Frauen und Mädchen andere Tracht. Auf welchem Wege war die Fremde in das Windachtal geraten? Auf der einzigen Straße, die vom Klosterland an Uzzos Hütte vorüber in das Tal führte? Nein! Guntram hätte dann im Schnee die Spur ihrer Schritte finden müssen; sie wäre am Jägerhaus vorübergekommen, und da hätte es die Verirrte doch wohl vorgezogen, Einlaß zu begehren, anstatt weiterzuwandern in der eisigen Winternacht. Woher also war sie gekommen? Nur über die Berge! Wo das Windachtal, ansteigend zwischen kahlen Felswänden, ein Ende nahm, dort oben, wo am verwichenen Abend der seltsame Schimmer erglommen war – der gute Uzzo hatte den gleitenden Mondschein für die Lichter tanzender Elfen gehalten! –, dort oben lag die Trischuba, ein vom Bergwald umschlossenes Almenland. Nahe dieser Alm war durch den Grat der Berge eine tiefe Scharte gebrochen, und über diese Paßhöhe führte ein Saumpfad, auf dem zur Sommerszeit und in milden Wintern die welschen Kaufleute und die Venediger aus dem Süden kamen, um im Nordland Handel zu treiben oder nach Gold zu schürfen. Aber der Saumpfad führte nicht durch das Windachtal, sondern zog von der Trischuba durch ein anderes, stundenlanges

Bergtal nach dem Kloster, von welchem Guntram das Jägerhaus und den Wildbann im Windachtal zu Lehen hatte.

Manchmal geschah es aber doch, daß von der Trischuba her ein Wanderer sich in das Windachtal verirrte und zu Tod erschöpft an das Tor des Jägerhauses pochte. Sollte nun auch dieses fremde Mädchen auf solchem Wege sich verirrt haben? Doch nein, das war undenkbar! Dieses holde Kind hatte sicher nicht allein den gefährlichen Weg über die winterlichen Berge angetreten. Wer so jung ist und so schön, hat treue Hüter und Beschützer!

Guntrams Augen blitzten, und er ballte die Fäuste. Was hätte er nicht alles getan, um dieses liebliche Geschöpf zu hüten und zu schützen vor jeder Gefahr! Lange, lange blickte er in das rührend schöne Gesicht der Schlummernden. Dann atmete er tief, als hätte sich eine schwere, herzbedrückende Last auf seine Brust gelegt.

Und wieder sann er und grübelte. Nach allen Gedanken blieb ihm nur der eine: Hier mußte ein Unglück geschehen sein! Entweder hatte eine fallende Lawine die Bergfahrer verschüttet, oder sie waren über eine verschneite Schlucht gezogen und in die Tiefe gestürzt, und nur das Mädchen allein war durch einen wunderbaren Zufall vom Tod errettet worden!

Guntram segnete diesen Zufall. Es schnürte ihm das Herz zusammen, wenn er des fürchterlichen Schicksals dachte, dem die Fremde entronnen war! Da lag sie vor ihm: die schönen, zartgeformten Glieder vom Schlafe sanft gelöst, das im Heu versunkene Köpfchen umringelt vom Gelock der goldig leuchtenden Haare, die Wangen überhaucht von rosiger

Wärme, die holden Lippen lächelnd; und durch die feinen, weißen Lider, deren lange Wimpern wie kleine goldene Sicheln auf den Wangen lagen, schimmerte das dunkle Blau der Augensterne: Während Guntram das liebliche Bild mit heißem Blick verschlang, sah er in seinen Gedanken zugleich ein anderes Bild: eine tiefe, dunkle Schlucht, deren steile, unerklimmbare Wände von vereisten Schroffen starrten; in der Tiefe ein Wust von durcheinandergestürztem Schnee und Geröll, von Waffen und Gewändern, von zerschmetterten Saumtieren und menschlichen Gliedern, blutig und zerrissen – und inmitten dieser furchtbaren Greuel, auf rot gefärbtem Schnee, lag die schöne Fremde, das Goldhaar von Blut durchsickert, mit klaffender Stirne, aber noch lebend, denn unter matten Atemzügen hob und senkte sich die Brust, und weit offen starrten die Augen zur Höhe der Schlucht, über der die krächzenden Bergraben mit rauschenden Schwingen kreisten; immer lauter und gieriger klang der häßliche Schrei der schwarzen Vögel, immer neue Raben kamen herbeigeflogen aus den grauen Lüften; nun stürzte sich einer mit angelegten Schwingen in die Tiefe der Schlucht – und die anderen folgten ihm.

Aus Guntrams Kehle rang sich ein erwürgter Schrei; zitternd sprang er auf, und vor dem Heubett niedersinkend, umschlang er die Schlummernde mit beiden Armen, wie um sie zu schützen und zu retten. Da versank vor seinem Blick das gräßliche Bild – was seine Augen jetzt noch sahen, war holdes Leben nur und aller Liebreiz weiblicher Jugend. Und als hätte er die Fremde in Wahrheit dem Tod entrissen und dem Leben wiedergewonnen, gerettet und gewonnen für sich selbst, so drückte er sie an seine Brust, lachend und schluchzend, und bedeckte unter stammelnden Koseworten ihren holden Mund mit heißen Küssen.

Die Fremde erwachte, und da kam auch Guntram zur Besinnung; er löste die Arme, erhob sich zitternd und trat in banger Scheu zurück. Unter tiefen Atemzügen streifte die Fremde die Hand über ihre Stirne, ließ die Finger durch das Haar gleiten und zog die goldenen Strähnen gleich einem verlegenen Kinde um Wangen und Hals. Ihre Lider waren noch müd und schwer; von den Wimpern halb verschleiert haftete ihr Blick an Guntram, lange, lange; dann kräuselte ein träumerisch verlorenes Lächeln ihren Mund. Seufzend fiel sie in das Heu zurück – und schlief schon wieder.

Wie ein Berauschter taumelte Guntram zum Feuer, schlug die Hände vor das Gesicht und sank auf den Herdrand nieder.

Draußen stand die Sonne schon hoch. Durch die zahlreichen Klumsen des Schindeldaches, von dem die Herdwärme allen Schnee geschmolzen hatte, fielen dünne Strahlen senkrecht nieder, als hingen leuchtende Spinnefäden von der Decke zur Erde herab.

Stunde um Stunde verrann. Wenn das Feuer erlöschen wollte, legte Guntram neues Holz über die Kohlen. Dann wieder saß er, den Ellbogen auf das Knie gestützt, den Kopf in die Hand gelegt, und blickte nach der Schlafenden. Süß und selig war ihm zumut, und dennoch bitter und weh. Er hatte das Glück gefunden, um es verlieren zu müssen am gleichen Tag. Wenn die Fremde erwachen würde, dann würde sie fragen nach Ort und Weg, würde ihren Namen nen-

nen, ihre Heimat, würde ihm sagen, wo das Haus ihrer Eltern stünde, wohin ihre Reise ginge, und würde von ihm begehren, daß er sie führe, wohin sie wollte. Und er müßte es tun ohne Widerrede. Und dann würde er einsam zurückkehren, unstillbare Sehnsucht im Herzen, den schleichenden Tod in seiner Brust.

Einen Augenblick überkam ihn der Gedanke, als könnte er dem süßen Elend, das über sein Herz gefallen, noch entfliehen. Er griff nach seiner Armbrust und wankte zur Tür. Aber er mußte die Blicke wenden, und da hielt es ihn fest und zog ihn näher. Nun wieder saß er vor dem Heubett – Stunde um Stunde verrann – und endlich erwachte die Fremde.

Sie richtete sich halb empor und blickte staunend umher, als wäre ihr alles neu, was sie hier umgab. Doch als ihr Blick auf Guntram fiel, nickte sie und lächelte, als erinnere sie sich seiner wie eines lieben Bekannten, den sie lange nicht gesehen und den ihr nun ein freundlicher Zufall in den Weg geführt.

Heiße Röte flog über Guntrams Wangen; dieses Lächeln beglückte und verwirrte ihn; mit stammelnden Worten fragte er, woher sie käme und welch ein Unglück ihr begegnet wäre. Aber sie sah ihn ratlos an, als verstände sie nicht, was er meinte. Und was er nun auch weiter fragte, sie erwiderte nur immer mit leiser, süß klingender Stimme: »Ich weiß es nicht ...« Oder sie schüttelte, statt einer Antwort, schweigend das Köpfchen und schaute, während sie langsam die Hand über die Stirne streifte, mit verlorenem Blick ins Leere.

Betroffen stand Guntram vor diesem Rätsel, für das er nur

eine Lösung fand. Das Entsetzen vor dem Unglück, das ihr widerfahren – vielleicht hatte sie unter den verschütteten Gefährten den Vater, einen Bruder verloren –, und die Schrecken der Bergnacht, die sie einsam irrend zwischen Felsen und Schnee verbracht, mußten ihre Sinne verwirrt und die Erinnerung an alles Vergangene in ihr ausgelöscht haben! Guntram fühlte sein Herz erzittern in banger Sorge um das Mädchen, und doch auch zuckte es in seiner Seele auf wie geheime Freude: Wer die Erinnerung an Vater und Heimat verlor, kann nach Vater und Heimat nicht mehr fragen und verlangen!

Nur eine einzige Antwort hatte die Fremde gefunden. Als Guntram sie nach ihrem Namen fragte, besann sie sich eine Weile und sagte: »Isa heiß' ich!«

Isa? Diesen Namen hatte Guntram schon einmal gehört: in einem Märlein, das die alte Heilwig, Uzzos Mutter, ihm erzählte – in dem Märlein vom Elfkönig Wute, der in den Tiefen der Berge hauste und hundert Töchter hatte, von denen die allerschönste den Namen Isa trug. Guntram mußte lächeln, als ihm diese Erinnerung kam. Mit leuchtenden Augen hing er an den Zügen des Mädchens. Jene Isa mochte wohl die allerschönste sein von Elfkönig Wutes Töchtern, doch Guntram wußte nun eine Isa, die noch tausendmal schöner war!

Lange schwieg er; dann atmete er tief und stammelte: »Sag mir, Isa, was soll ich tun für dich?«

Sie gab keine Antwort und blickte nur lächelnd zu ihm auf.

Er ging und öffnete die Tür der Hütte. »Sieh her! Es will

schon der Abend kommen. Hier kannst du nimmer bleiben! Und hungern wird dich auch? Gelt, ja? Hast ja nicht gegessen Tag und Nacht! Komm! Ich will dich zu meiner Mutter führen. Wir haben nicht weit zu meinem Haus. Da ist's warm und heimlich ... wirst sehen, in meinem Haus, da ist ein gutes Bleiben! Willst du?«

Sie erhob sich und reichte ihm die Hand. Er warf die Armbrust hinter die Schulter und griff mit beiden Händen zu. So führte er sie aus der Hütte. Als er bemerkte, daß ihre schmalen Füßchen tief im Schnee versanken und daß sie vor Kälte zu zittern begann, schlang er die Arme um ihren Schoß und hob sie an seine Brust empor. Sie war so leicht, daß er ihre Last kaum fühlte.

Eben sank die Sonne, und ein rot leuchtender Schein lag ausgegossen über Tal und Berge. Auf den Zweigen der beschneiten Bäume und ringsumher auf der Erde funkelte jedes Stäubchen Schnee wie ein geschliffener Rubin. Alle Gipfel glühten, und über ein fernes Waldgebirge stiegen scharf zerrissene Wolken empor, die im roten Widerschein der sinkenden Sonne anzusehen waren wie lodernde Flammen.

Hastigen Schrittes wanderte Guntram durch den schimmernden Schnee seinem Haus entgegen. Immer wieder hob er den Blick, doch er begegnete den Augen Isas nicht; sie hatte die Arme leicht um seinen Hals gelegt und blickte ringsumher wie in staunender Neugier. Immer hastiger schritt Guntram aus, als triebe ihn eine ungewisse Furcht, und als könnte er den Augenblick nicht erwarten, in dem er sein Heim erreichte. Und da begann er allmählich zu fühlen, daß er eine Last auf seinen Armen trug; dieser schlanke Leib schien doch nicht so leicht zu wiegen, wie Guntram gemeint hatte, da er ihn an seine Brust emporgehoben. Und seltsam – immer meinte er trippelnde Schritte neben sich und hinter sich zu hören; doch wenn er sich umblickte, sah er niemand – es täuschte ihn wohl der Schnee, der in Klumpen von den Ästen der Tannen fiel. Dann wieder war es ihm, als faßten Hände sein Gewand, um ihn zurückzuhalten; aber das taten wohl nur die dürren Zweige, die aus dem Dickicht hereingriffen in den Weg. Ein unbestimmtes Grauen befiel ihn, immer schwerer wurde das Mädchen auf seinen Armen, und immer enger klammerte sich Isa um seinen Hals. Sein Atem drohte zu versagen, vor seinen Augen begann es zu flimmern, überall sah er Glut und Feuer, keuchend ging seine Brust, und von Stirn und Wangen troff ihm der Schweiß …

Schon war er dem Hagtor seines Hauses nah. Da klang von der Windach her die singende Stimme Uzzos:

»Ich hab ein Maidelein geküßt,
Ju, ha, ho!
Ei, ei, wenn das die Mutter wüßt!
Ju, ha, ho!
Die tät wohl bitter klagen,
Ich aber tät ihr sagen:
Ein rosenroter Mund
Macht selig alle Stund!«

Isa hob das Köpfchen und lauschte. Guntram aber fing zu laufen an; taumelnd gewann er den Hof, drückte hinter sich das Tor zu und stieß mit dem Ellbogen den Riegel vor. Sein

Hund kam ihm entgegengesprungen, doch auf halbem Wege stutzte das Tier, stand mit gesträubten Haaren und begann ein heiseres Gekläff. Kaum gelang es Guntrams zornigen Worten, den Hund zum Schweigen zu bringen.

Mutter Sanna erschien unter der Tür, und als sie ihren Sohn und den Gast gewahrte, den er brachte, erschrak sie, daß sie ganz weiße Lippen bekam.

Der Mutter voran trat Guntram in die Stube, und während Mutter Sanna hastig ein Licht entzündete, da es schon dämmerte in dem Raum, ließ Guntram das Mädchen niedergleiten auf die Bank. Schwer atmend richtete er sich auf und drückte die Fäuste auf die Brust; doch ein Blick aus Isas leuchtenden Augen schien alle Müdigkeit und Erschöpfung von ihm zu lösen.

Mit fragendem Blick stand Mutter Sanna vor ihrem Sohn – und Guntram senkte die Augen. Was sollte er der Mutter sagen? Und wie sollte er alles sagen? Die Zeichensprache, die sich zwischen den beiden ausgebildet hatte, seit Mutter Sanna stumm und taub geworden, reichte wohl aus für das kleine, stille Leben, wie es jeder Tag in diesem Hause brachte – aber nicht für die Erzählung all der wundersamen Dinge, die Guntram seit dem Morgen erfahren hatte. Er suchte der Mutter verständlich zu machen, daß er das Mädchen als eine Verirrte in der Nähe des Saumweges gefunden hätte und daß sie im Hause bleiben sollte, so lang es ihr gefiele. Mutter Sanna verstand nur halb, was er sagen wollte; aber an den heißen Blicken, mit denen Guntram immer wieder das Mädchen suchte, merkte sie wohl, wie es stand um ihren Sohn. Sie seufzte. Ohne ein Zeichen zur Antwort zu geben, streifte sie das Mädchen mit scheuem Blick und begann den Tisch zu bestellen.

Guntram setzte sich dem Mädchen gegenüber und wollte sprechen; da pochte es draußen am Hagtor. Isa horchte auf; Guntram aber furchte die Brauen und tat, als höre er das Klopfen nicht. Es pochte wieder und wieder, man hörte Uzzos rufende Stimme, der Hund schlug an – dann wurde es draußen wieder still. Uzzo hatte sich entfernt; er mochte wohl glauben, daß Guntram noch nicht zu Hause wäre – und Mutter Sanna konnte ihn ja nicht hören.

Guntram atmete auf; hastig streckte er die Hand über den Tisch und faßte Isas Hand. »Gelt? Hier ist ein gutes Bleiben?«

Sie nickte und lächelte ihn an.

»Und wie lange«, fragte er stammelnd, »wie lange wird es dir wohl gefallen bei uns?«

Da wurden ihre Augen so ernst, daß er fast erschauerte vor der rätselvollen Gewalt dieses Blickes.

»Wie lange?« wiederholte er flüsternd.

»So lange, bis du mich zwingen wirst, zu gehen!«

Alles Blut schoß ihm zu Herzen vor jäher Freude; dann würde sie immer bleiben, immer, immer! Wie sollte er sie, um deren Bleiben er zitterte, jemals zwingen können, zu gehen? Kann denn ein Mensch sein Glück verjagen wollen, nach dem er dürstet in heißer Sehnsucht? Nun ist es ihm geschenkt wie durch ein Wunder – nun will er es auch halten, fest, mit beiden Armen!

Mutter Sanna trat in die Stube und setzte die hölzerne Platte mit den duftenden Forellen auf den Tisch. *Drei* Forellen! Das hatte Uzzo gut gemacht – just, als hätte er erraten, daß im Jägerhaus ein Gast erscheinen würde!

Mutter Sanna begann ihr stummes Gebet, Guntram sprach mit leiser Stimme den Abendsegen, und auch Isa erhob sich und faltete die Hände, wie sie es an den beiden anderen sah. Als Mutter Sanna das bemerkte, atmete sie auf und wurde ruhiger. Sie begann sogar, als man bei Tisch saß, das Mädchen freundlich und bald mit offenem Wohlgefallen zu betrachten.

Guntram brach ein weißes Brot entzwei und reichte Isa die eine Hälfte. »Das hat die Mutter für Lichtmeß gebakken!« sagte er.

Lächelnd nahm Isa das Brot; doch als sie es zum Munde führen wollte, bemerkte sie, daß es mit Kümmel bestreut war. Und ohne von dem Brot zu essen, legte sie es auf den Tisch zurück.

Mutter Sanna gewahrte es nicht, und Guntram sah nur in Isas Augen.

Wäre aber die alte Heilwig, Uzzos Mutter, am Tisch gesessen, die hätt' es wohl bemerkt, daß Isa das Brot mit dem Kümmel nicht essen konnte, und hätte seltsame Augen dazu gemacht; denn die alte Heilwig war gar wohl erfahren in mancherlei Dingen …

3

Früh am nächsten Morgen zog Guntram aus auf die Wildhut. Aber er hatte ein böses Wandern. Über Nacht war reichlicher Schnee gefallen, und noch immer wirbelten die Flokken in dichter Menge. So lang er in der Dämmerung des Morgens und in dem wirren Gestöber sein Haus noch gewahren konnte, blieb er immer wieder stehen und blickte zurück. Das Herz war ihm zum Springen voll. Er hatte die ganze Nacht kein Auge geschlossen. Angekleidet saß er bis zum Grauen des Tages in seiner Kammer, die im oberen Geschoß des Hauses lag. Nebenan teilte Isa die große Stube mit Guntrams Mutter. Und da schlich er immer wieder an die Tür und lauschte heiß pochenden Herzens. Als der Morgen kam, fiel es ihm schwer, das Haus zu verlassen. Und dennoch konnte er nicht bleiben. Die Sehnsucht hielt ihn fest, aber die Unruh trieb ihn hinaus ins Freie.

Nun wanderte er dahin durch das weiße Gestöber, das so dicht war, daß Guntram kaum auf hundert Schritte zu sehen vermochte.

Es trieb ihn zur Trischuba hinauf, um das Rätsel von Isas Herkunft zu lösen. Vielleicht auch, daß er noch helfen und retten konnte! Aber auf halbem Wege schon mußte er wieder umkehren, denn er versank oft bis an die Schultern im

Schnee. Und je höher es hinaufging, desto tiefer mußte der Schnee noch liegen. Dort oben konnte kein Leben mehr bestehen, alles mußte verschneit und verschüttet sein. Guntram sah wohl ein, daß eine Spur des Geschehenen dort oben erst zu finden wäre, wenn der Föhn die Wege öffnete – oder niemals wieder!

Als er auf dem Rückweg in die Nähe der Sennhütte kam, deren Dach schon wieder dicht mit Schnee bedeckt war, wollte er die erlegten Füchse suchen, an die er tags zuvor in der Sorge um das Mädchen nicht mehr gedacht hatte. Aber er fand sie nicht; der fallende Schnee hatte sie wohl begraben – auch kam ihm die Stelle, wo er den Schuß getan zu haben meinte, völlig verändert vor –, er fand sich nimmer zurecht. Endlich gab er das Suchen auf und trat in ungeduldiger Eile den Heimweg an. Er pflegte sonst, auch bei Schneesturm und Ungewitter, den ganzen Tag im Bergwald zu verbringen. Jetzt zum erstenmal kam er um die Mittagszeit nach Hause.

Als er die Stube betrat, bannte ihn die Überraschung auf der Schwelle fest. War das wirklich Isa, die vornehme Fremde, die sich vom Spinnrad erhob und ihm lächelnd entgegenkam? Nein! Das war ein Kind der Berge, anzusehen wie ein jung erblühtes Almenröslein, so frisch und duftig! Als er die erste Überraschung überwunden hatte, erkannte er das Kleid, das Isa trug; es war das Brautkleid seiner Mutter, das seit langen Jahren in einem Kasten verwahrt gehangen. Und wie gut ihr das kurze, braune Röcklein und das rote Mieder stand! Schneeweiße Linnenärmel bauschten sich um die Schultern, und zierlich umschloß das Spitzenkräglein den schlanken Hals. Das üppige Goldhaar war zu straffen Zöpfen geflochten, die gleich einem Krönlein um die Stirne lagen; doch unter den Zöpfen hatten sich hundert kleine, widerspenstige Ringeln hervorgestohlen und zitterten um die Schläfe und um die rosigen Ohren wie ein sonniger Schein.

Isa selbst schien ihre Freude an dieser neuen Tracht zu haben; denn sie faßte mit den Fingerspitzen das Röcklein und drehte sich vor Guntram lachend im Kreis, als wollte sie sagen: »Bin ich nicht schön? Nun? Wie gefall ich dir?«

Eine Antwort brauchte er nicht zu geben – sie war in seinen leuchtenden Augen zu lesen. Und Mutter Sanna stand daneben mit strahlendem Gesicht; Isa hatte das Herz der alten Frau im Flug gewonnen; jetzt schien für Mutter Sanna nichts Holderes mehr auf Erden zu leben als der unerwartete, zuerst mit Schreck begrüßte Gast, der in ihr Haus gekommen. Mit der Zunge lallend und mit flinken Händen sprechend, erzählte sie ihrem Sohn, wie sie mit dem Mädchen durch das ganze Haus gegangen, von Schrein zu Schrein, von Truhe zu Truhe, wie Isa das sorgsam aufbewahrte Gewand gefunden, von dem sie sich nimmer trennen wollte. Und seltsam – Mutter Sanna wäre als Bräutlein doch nicht so schlank und fein gewesen wie Isa, und dennoch hätte das Gewand dem Mädchen gepaßt wie angegossen. Zu dieser stummen Geschichte, bei welcher Mutter Sanna gar drollig mit den Händen gaukelte, lachte Isa wie ein fröhliches Kind, und manchmal sprach sie mit ihren eigenen kleinen Händchen dazwischen, so kundig und deutlich, als hätte sie die Zeichensprache schon seit Jahr und Tag erlernt. Nun klatschte Mutter Sanna die Hände ineinander, streckte sie wieder in die Höhe und verdrehte lachend die Augen; sie wollte damit zu

Guntram sagen: »Jetzt kommt aber erst die Hauptsache! Da wirst du Augen machen!« Sie faßte ihren Sohn beim Arm und führte ihn vor das Spinnrad. Achtsam griff sie nach dem Faden, zog ihn lang von der Spule, ließ ihn spielend durch die Finger gleiten und hielt ihn Guntram hin, damit er ihn befühle. Der Faden war so fein und glatt gesponnen wie ein Haar und schimmerte wie Silber. Guntram wagte ihn kaum anzugreifen, aus Furcht, er könnte ihn zerreißen. Mutter Sanna aber spannte und schnellte den Faden, um ihrem Sohn zu zeigen, wie fest das Gespinst bei aller Feinheit wäre. Ihre Wangen glühten vor Freude. Sie tippte den Finger an ihre Stirne, schüttelte Kopf und Hände ... »Solche Kunst versteh ich nicht!« ... und deutete auf Isa.

»Mädchen? Diesen Faden hast *du* gesponnen?« fragte Guntram staunend.

Isa nickte lächelnd.

»Da glaub ich freilich, daß du das Herz meiner Mutter gewonnen hast!« Er blickte auf Mutter Sanna, die in freudiger Bewunderung noch immer mit dem Faden spielte. Guntrams Augen wurden feucht, und er streckte dem Mädchen die beiden Hände hin. »Gelt, Isa! Sei gut mit meiner Mutter! Die alte Frau hat viel Herzeleid tragen müssen. Und schau, da darf man ihr ein wenig Freude schon vergönnen!«

Isa sprach nicht; aber sie ging auf Mutter Sanna zu, legte den Arm um den Hals der alten Frau und streichelte ihr die faltige Wange.

Draußen hatte das Schneegestöber nachgelassen, die Wolken klüfteten sich, und hell fiel die Sonne in die trauliche Stube ...

Als Guntram nach Mittag wieder das Haus verließ, um in den Bergwald hinauszuziehen, gaben ihm Mutter Sanna und Isa das Geleit bis zum Hag. Hier plauderten sie ein Weilchen, bis Guntram selbst, um der strengen Kälte willen, die Frauen zurückschickte in das Haus.

Er wartete noch, bis das Tor geschlossen und von innen der Riegel vorgeschoben war.

Als er nun weiterschreiten wollte, stand Uzzo vor ihm. Der Fischer war wohl lange schon in der Nähe gewesen, und dem Jäger entging die seltsame Erregung nicht, die in Uzzos Zügen spielte.

Guntram furchte die Brauen.

Da trat Uzzo auf ihn zu, faßte den Arm des Jägers und fragte leis und hastig: »Jäger? Sag mir, wer ist das schöne Maidlein?«

»Ein Geschwisterkind meiner Mutter.«

Uzzo blickte verwundert auf. »Seit wann hat deine Mutter Geschwister?«

Guntram errötete. Aber seine Stimme klang rauh und heftig: »Was kümmert's dich!« Er rückte die Armbrust höher und schritt ohne Gruß davon. Aber schon nach wenigen Schritten blieb er wieder stehen und blickte sich um. Uzzo stand noch immer auf der gleichen Stelle. Da ging der Jäger auf ihn zu. »Ich will dir etwas sagen ...«

»Und was?«

»Du tätest mir einen Gefallen, wenn du nicht mehr in mein Haus kämst, bis Frühjahr wird!«

Uzzos Lippen wurden schmal. »Und warum nicht?«

»Die Maid in unserem Haus hat Vater und Mutter verloren. Sie ist krank vor Herzeleid und will keine Leut sehen!«

»Gut, so will ich warten, bis Frühjahr wird!«

Sie gingen auseinander. Als Guntram das Dickicht erreichte, stellte er sich hinter einen Föhrenbusch und wartete, bis Uzzo in der Senkung des Tals verschwunden war.

Das war noch nie geschehen, daß der Fischer den Heimweg antrat, ohne mit seiner hellen, klingenden Stimme ein fröhliches Lied zu singen. Jetzt zum erstenmal blieb Uzzo stumm.

»Es hat ihm das Singen verschlagen!« murmelte Guntram, während er die Fäuste ballte und mit funkelnden Augen hinunterspähte ins Tal. »Aber eine Weil hab ich Ruh vor ihm ... und bis Frühjahr wird, will ich mein Glück schon versichern mit einem Riegel, den keiner mehr auftut!«

Er atmete tief und schüttelte den Kopf, als möchte er die quälende Sorge, die auf ihn gefallen, wieder abwerfen. Dann wanderte er raschen Schrittes dem Bergwald zu.

Tage und Tage vergingen.

Uzzo hielt Wort und ließ sich im Jägerhaus nicht mehr blicken. Manchmal aber, wenn Guntram an einem Abend früher als gewöhnlich heimkehrte, sah er auf einer fernen Anhöhe in der Nähe des Windachlaufes den Fischer stehen, unbeweglich wie aus Stein gemeißelt, das Antlitz nach dem Jägerhaus gerichtet.

Guntram lächelte dazu. Alle Eifersucht war ausgelöscht in seinem Herzen, denn in seinem Haus wohnte das sonnige, schattenlose Glück. Wohl fehlte an diesem Glück, damit es vollkommen wäre, noch ein Letztes. Immer und immer, wenn er an der Seite des Mädchens saß oder mit ihm in Haus und Hof umherging, lag auf seinen Lippen die Frage: »Isa, willst du mein Weib sein?« Doch immer wieder hielt ihn eine ihm selbst unerklärliche Scheu zurück, das entscheidende Wort zu sprechen. Aber er fühlte wohl, daß ihm das Mädchen gut war, von Herzen gut; und so konnte er geduldig warten, bis die richtige Stunde käme. Die Sorge, daß Isa sich eines Tages an alles Vergangene erinnern und nach ihrer Heimat verlangen möchte, war längst von ihm gewichen. Er hütete sich wohl, die Erinnerung in ihr zu wecken, und sie selbst sprach nie ein Wort, dessen Sinn über die Stunde zurückreichte, in der sie das Jägerhaus betreten hatte. Sie schien sich in der traulichen Stille des einsamen Hauses so zufrieden und glücklich zu fühlen, daß sie an anderes nicht dachte, nach anderem nimmer verlangte. Alles, was sie umgab, auch das Kleinste und Unscheinbarste, machte ihr Freude, so daß sie heiter und lächelnd dahinlebte wie ein fröhliches Kind, das noch keine Sorge und keinen Kummer des Lebens kennenlernte und keinen Wunsch empfindet, den der nächste Augenblick nicht erfüllen kann.

Mutter Sanna lebte bei dem sonnigen Frohsinn, mit dem das Mädchen sie umgab, völlig auf, als wäre ihr die entschwundene Jugend halb zurückgekehrt. Und wie gut es Mutter Sanna jetzt hatte! Nun konnte sie die langen lieben Tage mit stillvergnügtem Lächeln hinter dem Spinnrad sitzen und unermüdliche Versuche machen, einen so feinen Faden zu spinnen, wie ihn das Mädchen spann. Denn alle Mühe für das Haus hatte Isa ihr abgenommen. Mutter Sanna war doch auch immer eine tüchtige Schafferin gewesen und hatte sich auf die Arbeit wohl verstanden; aber so blank und feiertäglich, wie jetzt an jedem Morgen, hatte es im Jägerhaus noch niemals ausgesehen. Und wie flink die Arbeit von Isas kleinen Händen ging! Kaum hatte sie etwas begonnen, da war's auch schon getan – als könnte sie hexen und zaubern. Völlig staunen mußte Mutter Sanna über all die nützlichen Künste, welche Isa zu üben wußte – Künste, vor denen sich die alte Heilwig mit ihren Sprüchen und Wundermitteln hätte verkriechen müssen! Aus allerlei Wurzelstücken formte Isa wunderlich gestaltete Alraunen und Puzzelmännchen und stellte sie hinter den Herd in die Mauernischen; da brannte nun das Feuer ohne Rauch, so schön und rein wie die Flamme einer Wachskerze. Auf den nahen Berghalden holte sie dürre Kräuter unter dem Schnee hervor und mischte sie unter das Futter, das der Kuh und den beiden Ziegen im Stall gereicht wurde; die Tiere bekamen ein Aussehen, so glänzend, als wären sie auf der Sommerweide, und gaben köstliche Milch in Hülle und Fülle. Aus dem Walde brachte sie Körner heim, die von den Hühnern gierig aufgepickt wurden – und da begannen die Hennen Eier zu legen mitten im Winter, als wäre schon warmes Frühjahr.

Auch Guntram bekam zu staunen. Denn Isa lehrte ihn eine ›Witterung‹ bereiten, die das Raubwild von weit her in die von Guntram aufgestellten Fallen lockte. Der Jäger gewann nun in einem einzigen Monat von Mardern, Luchsen und Ottern so viel an edlem Rauchwerk, als er seit seines Vaters Tod in allen Wintern zusammengenommen nicht erbeutet hatte; ein merkwürdiger Zufall schien es ihm, daß niemals ein Fuchs in die gestellten Fallen ging.

Eines Tages kam Guntram ganz untröstlich nach Hause: Der gute Bogen seiner Armbrust war zerbrochen; da zeigte ihm Isa, wie man Eibenholz im Feuer härten müsse, um es federkräftig zu machen wie Stahl. Ein andermal saß Guntram zu Hause und schnitzte aus Birkenmaser neue Bolzen für seine Armbrust; doch die Adlerfedern, die er besaß, reichten nicht, um alle Bolzen zu fiedern; da brachte ihm Isa eine weiße Feder, die sie aus dem Dunensaum des Gewandes gezogen hatte, das sie an jenem ersten Tag getragen.

»Nimm«, sagte sie lächelnd, »und fiedere den Pfeil!«

Guntram tat es, und solch einen Bolzen hatte er noch nie besessen, nie gesehen. Wie eine Schwalbe flog der Pfeil, weit und hoch, und nie verfehlte er das Ziel – nur ein einziges Mal. Und da war auch der Pfeil verloren. In der Morgendämmerung hatte Guntram auf einen flüchtigen Fuchs geschossen. Er glaubte sicher gezielt zu haben, aber das Raubtier, als wär' es unversehrt, verschwand im dichten Gebüsch. Guntram suchte den Bolzen, aber er konnte ihn nicht finden, und da meinte er, daß er den Fuchs doch wohl getroffen hätte. Er ging nach Hause, holte die Wela, seine braune Bracke, und setzte den Hund auf die Fährte. Eine heulende Jagd begann, kreuz und quer in dem verschneiten Föhrendickicht. Guntram sprang dem Laut des Hundes nach, bald hierhin, bald dorthin, aber nie gelang es ihm, den vom Hund gehetzten Fuchs zu erblicken. Schließlich entfernte sich die Jagd gegen den Fuchsgaden, eine tiefe Bergschlucht, in der das Geläut des Hundes verstummte. Guntram verfolgte Welas Fährte, die zu einem steil in die Tiefe ziehenden Felsloch führte und darin verschwand; der Hund mußte dem Fuchs in den Bau nachgefahren sein. Stunde um Stunde verging, doch die Wela erschien nicht wieder; vergeblich wartete Guntram bis zum Abend. So war mit dem guten Pfeil nun auch der gute Hund verloren.

Dem Jäger war bitter leid um das treue Tier, und doch wieder war es ihm fast willkommen, daß der Hund nicht mehr zurückkehren sollte ins Jägerhaus. Denn Wela war all die Tage her ein rechter Störenfried gewesen; der Hund allein wollte das Glück, das im Jägerhaus eingezogen, nicht erkennen und teilen. Sooft er Isa erblickte, kläffte er sie an und stand mit funkelnden Augen und gesträubten Haaren. Guntram, der den Hund in früheren Zeiten nie geschlagen, mußte nun häufig zur Peitsche greifen; doch weder Schläge noch gute Worte änderten die Art des Hundes; er ließ wohl das laute Kläffen, aber er wurde nur scheuer, schlich, wenn Isa den Hof betrat, in seine Hütte, streckte die Schnauze hervor und knurrte.

Als nun Guntram ohne den Hund nach Hause kam und in die Stube trat, fand er Isa allein. Sie erhob sich vom Spinnrad und kam ihm entgegen.

»Denke dir, Isa«, sagte er, »heut hast du einen Feind verloren … den einzigen, den du hattest.«

Ihre Augen blickten ernst und schillerten in der Dämmerung wie grünes Glas.

»Die arme Wela ist in einem Fuchsbau geblieben.«

Sie nickte so seltsam, daß er sie betroffen anschaute; das schien ja fast, als hätte sie schon gewußt, was mit dem Hund geschehen. Aber da lächelte sie schon wieder, legte die Hände auf seine Schultern und fragte: »Ist dir leid um das böse Tier?«

Er schüttelte den Kopf und zog ihre Hände an seine Brust: »Nein, Isa, nein, nein! Ich bin ja selber schon der Wela feind gewesen ... weil sie *dir* nicht gut war! Glaub nur, ich hätt's nimmer lang mit angesehen ... ich hätte den Hund noch abgetan! Ich mein', ich könnt alles tun ... für dich!«

Sie lachte, und ihre Augen strahlten ihn an, groß und leuchtend.

»Isa!« stammelte er.

Da fuhr ein dumpfer Stoß um das Haus, daß die Türen zitterten; ein mächtiges Rauschen folgte.

Sie hob das Köpfchen. »Was ist das?«

»Der Frühling ... er hat den ersten Föhn geschickt!«

»Der Frühling? Der die Blumen bringt ...«

»Die Blumen und ... und noch eins!«

»Noch eins?« fragte sie lächelnd.

»Weißt nicht, was ich mein'? Weißt es wirklich nicht? ... Isa ...« Die Stimme versagte ihm, und seine Hände begannen zu zittern.

Da ging die Tür auf. Mutter Sanna trat in die Stube und brachte Licht. In stummer Freude deutete sie nach der Mauer, die der Föhn in wachsenden Stößen umfuhr.

Guntram ließ die Hände des Mädchens fallen und wandte sich tief atmend ab. Isa ging zum Spinnrad, ließ die Spule schnurren und zog den Faden. Während Mutter Sanna das weiße Linnen über den Tisch breitete, setzte sich Guntram hinter dem Ofen im dunklen Winkel auf die Bank, mit dürstenden Augen an Isa hängend.

Draußen rauschte der Föhn. Es währte nicht lange, so hörte man vom Dach die Tropfen fallen, zu denen der Schnee zerrann.

4

Tag um Tag nun führte der näher rückende Frühling einen wilden, stürmischen Kampf gegen den weißen Bergriesen, der sich mit seinen Eisarmen an alle Felsen und Bäume klammerte und nicht weichen wollte und doch endlich weichen mußte. Keine Rast in diesem zähen Kampf Tag und Nacht! Hoch in den Felswänden das Donnern der stürzenden Lawinen, und im Tal das Tosen und Stürmen des Föhns. In diesem Kampf wurde jeder Baum zu einem Helden, der um sich schlägt mit allen Armen, wie mitten unter Feinden ein mutig aushaltender Krieger, dem von ferne der Führer zuruft: »Wehr dich noch ein Weilchen, wehr dich, sieh, ich komme dir schon zu Hilfe!«

Die Windach schwoll und tobte, daß ihre Wasser über die Ufer schäumten und anzusehen waren wie siedende Milch. Das Tal war schon vom Schnee erlöst, der Bergwald stand in dunklem Grün, und rastlos fegte noch immer der Föhn, unermüdlich schoß die Sonne durch alle Scharten des treibenden Gewölks ihre brennenden Pfeile gegen den hartnäckigen Schnee der hohen Felsen. Über alle steilen Gehänge stürzten die Gießbäche, schimmernd und blitzend, als hätten die Berge sich aufgetan und ihre Silberadern aus der steinernen Tiefe an das Licht gehoben.

Noch ein letzter Sturm, der alle Wolkenschleier vom Himmel riß und sein trübes Grau verwandelte zu lachender Bläue. Dann stille, sonnige Tage – und alle Lüfte duftend von frischem Erdgeruch. Schon trieben die Salweiden ihre Sammetkätzlein, und an den Buchen zeigten sich die zarten Knospen.

Dann eines Morgens war am Hagtor des Jägerhauses ein Strauß blühender Veilchen hinter die Klinke gesteckt. Mutter Sanna fand ihn und lief damit zu Isa. »Guntram hat diese Blumen gebracht«, sagten ihre flinken Hände, »er hat sie an das Tor gesteckt für dich und ist wieder fortgegangen.«

Lächelnd nahm Isa die Blumen, drückte die Lippen auf die blauen Kelche und schmückte mit dem Sträußchen ihr Mieder. Als Mutter Sanna nach einer Weile wieder in die Stube kam, stand Isa vor dem zinnernen Spiegel und betrachtete ihr schmuckes Bild; Mutter Sanna nickte ihr lächelnd zu. »Dreh dich nur und putz dich«, dachte sie, »ich weiß ja doch, für wen du es tust!« Und wieder nach einer Weile sah sie das Mädchen draußen am Brunnen stehen in der hellen Sonne. Isa löste die Zöpfe und schüttelte das Haar, daß es rings um sie herfiel und mit seinen Locken und Wellen im leuchtenden Sonnenschein anzusehen war wie rieselndes Feuer. Wohl eine Stunde blieb sie da draußen, immer in der hellen Sonne, und kämmte und strählte, flocht die Zöpfe, löste sie wieder und flocht sie von neuem. Als sie endlich in die Stube trat, meinte Mutter Sauna, so schön wäre Isas Haar noch nie gewesen wie heute.

Früh am Abend – es war der Abend vor der ersten Mainacht – kam Guntram zurück. Lachend trat er unter die Tür und rief: »Sieh doch, Isa, was ich dir gebracht habe! Den ersten Frühlingsgruß!« Er hielt ihr den stattlichen Auerhahn entgegen, den er am Morgen erlegt hatte.

Isa bestaunte den großen Vogel und streichelte das schöne Gefieder; da sickerte Blut auf ihre weißen Finger, und hastig, von jähem Grauen berührt, zog sie die Hand zurück. Mutter Sanna kam herbeigetrippelt und entfernte mit einem Tuch die häßlichen Flecken. Guntram stand dabei und lachte. Nun gewahrte er die Veilchen an Isas Brust. »Die schönen Blumen!« sagte er. »Bist du denn so weit vom Haus gewesen? Wo hast du sie gefunden?«

»Wo du sie wachsen ließest ... am Tor!« erwiderte das Mädchen, schon wieder lächelnd. »Ich danke dir, die Blumen haben mir Freude gemacht!«

Guntram erbleichte, aber er sagte kein Wort. Veilchen? Wo hätte er sie finden sollen? Er war zu Berg gestiegen – die Veilchen aber blühten tief im Tal, dort unten bei den Weißdornhecken, die sich um das Gärtlein der alten Heilwig zogen. Er wandte sich ab, warf den Auerhahn in einen Winkel und hängte die Armbrust an den Nagel.

Unter freiem Himmel nahmen sie den Imbiß. Als der Tisch wieder geräumt war, blieben sie auf der Steinbank sitzen. Es war ein wundersamer Abend; lau und klar die Luft; noch war der Himmel gelb von der sinkenden Sonne, und dabei stand der Mond schon hoch wie ein rundes, weißes Wölklein. Auf der einen Seite des Tales waren die Berge vom blauen Schattenduft umwoben, auf der andern Seite standen sie grell beleuchtet, so daß man in stundenweiter Ferne jeden Felsblock und jeden Baum zu unterscheiden meinte. Die

Windach rauschte zwischen ihren steilen Ufern, daß es tönte wie ein Lied von hundert murmelnden Stimmen, die aus der Tiefe der Erde quollen. Aus einem fernen Gehölz klang in Zwischenräumen der schwermütig gezogene Ruf eines Spechtes, und nahe dem Jagdhaus, im Gipfel einer noch kahlen Eiche, saß eine Nachtschwalbe und trillerte; doch immer wieder unterbrach sie ihr eintöniges Lied; die Lüfte waren ihr noch zu hell, sie wartete auf die Dämmerung.

Vor dem Hagtor klangen Schritte; als Guntram sie hörte, sprang er auf und ging dem Tor zu, um es zu schließen. Doch bevor er den Hag erreichte, trat Uzzo in den Hof; er war schmuck gekleidet, wie an hohem Feiertag, und hatte ein ledernes Ränzlein umhängen.

»Was willst du?« fragte Guntram mit heiserer Stimme.

»Ich hab gemeint, daß ich kommen darf. Es ist ja Frühling worden!« Und an dem Jäger vorüber ging Uzzo auf die Frauen zu.

Mutter Sanna stand auf, begrüßte den Fischer mit freundlichem Händedruck und eilte in das Haus, um einen Stuhl für ihn zu holen. Isa hatte die Hände im Schoß liegen und betrachtete den Gast mit lächelnder Neugier.

»Das ist Uzzo, der Fischer!« sagte Guntram und setzte sich neben Isa.

Uzzo wurde verlegen und wußte nicht, was er mit seinen Händen beginnen sollte; da sah er den Veilchenstrauß an Isas Brust, und brennende Röte flog über sein Gesicht.

Mutter Sanna kam mit dem Stuhl und nötigte den Fischer zum Sitzen; sie griff nach Uzzos Ränzlein, und als sie es schüttelte, hörte man Saiten klingen. Langsam hob Isa das

Köpfchen und lauschte. Mit lustigem Nicken griff Mutter Sanna in die Ledertasche, zog die Zither hervor, stellte sie vor Uzzo auf den Tisch und tätschelte dem Fischer ermutigend die Schulter. Sie selbst konnte freilich am Zitherspiel nicht viel Freude haben, denn sie hörte keinen Ton, aber sie wußte, wie gern Uzzo spielte, und noch mehr, wie gern Guntram dem Spiel des Fischers zu lauschen pflegte.

»Soll ich spielen?« fragte Uzzo mit einem scheuen Blick auf den Jäger.

Guntram zuckte die Schultern. »Meinethalben brauchst nicht spielen ... aber wenn du schon meinst, es müßt sein, so spiel halt!«

Uzzo schüttelte den Kopf und legte den Hornring, den er schon an den Daumen gesteckt hatte, wieder ab.

Da griff Isa über den Tisch, berührte die Zither und sagte mit leiser, wie in Erregung bebender Stimme: »Spiele doch!«

Uzzo wurde rot und blaß; mit schüchternem Lächeln blickte er das Mädchen an, stellte die Zither zurecht und begann zu spielen. Er war kein Meister auf der Zither, doch er spielte gut und wußte sein Herz durch die Töne reden zu lassen, die sanft und weich hinausklangen in die stille Abendluft.

Mutter Sanna hatte sich neben Isa gesetzt, hielt die Arme verschränkt und blickte andächtig auf Uzzos Finger. Sie konnte nicht hören, was er spielte; sie sah nur die Saiten schwingen, in ihrem Herzen aber träumte sie ein Lied dazu – jenes Lied, das Guntrams Vater immer gesungen hatte, wenn er emporgestiegen kam zur Alm, auf welcher Sanna als schmucke Sennin hauste.

Guntram saß mit finsterem Gesicht, bald Isa und bald den Fischer mit zornigen Blicken streifend. Und als er sah, wie sich das Mädchen, atemlos lauschend, tief über den Tisch neigte, um den klingenden Saiten näher zu sein, biß er die Zähne übereinander, sprang auf und ging dem offenen Hagtor zu; hier stand er an den Pfosten gelehnt und starrte hinaus in die sinkende Dämmerung.

Je länger Uzzo spielte, desto freier und flinker wurden seine Hände, desto heller, schöner und schmeichelnder klangen die Weisen, die er aus den Saiten lockte.

Isa hatte die glühende Wange in die aufgestützte Hand gelegt; ein träumerisches Lächeln spielte um ihre leicht geöffneten Lippen, unter leisen Atemzügen hob und senkte sich ihre Brust, und ein seltsamer Glanz erwachte in ihren Augen, die in weite, weite Ferne zu blicken schienen.

Allmählich erlosch der letzte Sonnenschein am Himmel, über Tal und Berge breitete sich ein blauer Duft, der alle Linien verschwimmen machte, aus den Schluchten der Windach stiegen zarte Nebel und schwebten, zu langen Streifen auseinanderfließend, sachte über die dunklen Wälder empor, ein Sternlein blitzte auf, dann wieder und wieder eines, aber nur in mattem Schimmer, denn es leuchtete schon der Mond mit vollem Glanz. Die Heimchen zirpten, und auf der nahen Eiche, deren kahles Gezweig sich gleich einem schwarzen Netz vom mondlichten Himmel abhob, trillerte nun die Nachtschwalbe mit unermüdlichem Eifer, als müßte sie die Oberstimme halten im schwirrenden Spiel der Saiten …

Plötzlich verstummten die Klänge der Zither. Eine Saite war gerissen.

»Jetzt hat's ein Ende!« sagte Uzzo traurig.

Seufzend hob Isa das Köpfchen, als erwache sie aus tiefen Träumen. Als sie merkte, was geschehen war, löste sie die Zöpfe, zog drei lange, schimmernde Haare hervor, drehte sie zu einem Faden und reichte ihn dem Fischer. »Da hast du eine neue Saite! Nun spiele wieder!«

Uzzo lachte. »Eine schönere Saite hab ich meiner Lebtag nicht auf die Zither gespannt. Aber ich mein' fast, daß sie nicht klingen wird.«

»Spanne sie nur!« sagte das Mädchen.

Uzzo tat es und schüttelte staunend den Kopf, denn der Faden ließ sich spannen wie ein aus Gold gezogener Draht, und als er den Hornring über die wunderliche Saite streifte, gab's einen silberhellen Klang, so weich und süß, daß Uzzos Herz erschauerte. Und seltsam – alle anderen Saiten klangen leise mit. Aber die Heimchen hörten zu zirpen auf, und die Nachtschwalbe ließ ihr trillerndes Lied verstummen.

Guntram, der nicht wußte, was geschehen war, hatte bei dem süßen Klang betroffen das Gesicht gewendet und kam mit zögernden Schritten näher. Isa erhob sich. »Nun spiele!« sagte sie zu Uzzo; und während er in die Saiten griff, als zwänge eine unsichtbare Macht seine Hände, während die Zither zu tönen begann, so wundersam und mächtig, als hätte sie hundert Saiten, als wäre ihr Holz, als wäre der Tisch, auf dem sie ruhte, als wäre alle Luft umher zu melodischem Klang geworden, schritt Isa schwebenden Ganges auf den Jäger zu. Vom Mondlicht übergossen, in schimmernder Schönheit, blieb sie stehen vor ihm. »Komm, Guntram«, sagte sie, »jetzt wollen wir tanzen!« Zierlich faßten ihre Hände das Röcklein, und glückselig lachend warf sie das Haupt zurück, daß ihre Haare sich lösten und gleich funkelnden Wellen um ihren Nacken rollten.

»Isa!« stammelte Guntram, dem der Anblick des Mädchens alle Sinne verwirrte. »Isa!« Und ihm war, als müsse ihm vor Sehnsucht und Verlangen das Herz herausspringen aus der Brust. »Isa!« stammelte er – doch als seine Arme sich streckten, wich sie kichernd vor ihm zurück, flog über den von Tau erschimmernden Rasen hin und wirbelte sich zu den Klängen der Zither im Kreise, daß ihr Röcklein rauschte und ihre Haare hoch aufflatterten, als trüge sie rings um das Haupt einen leuchtenden Schein. Nun plötzlich wieder stand sie still, schaukelte sich auf den Spitzen der Füßchen, wiegte das Köpfchen und bewegte die Arme, wie im See die Ranken der Wasserrose sich bewegen, wenn ein sanfter Windhauch leichte Wellen treibt. »Guntram, Guntram!« lockte ihre flüsternde Stimme, fast übertönt vom schwebenden Klang der Saiten. Jauchzend, mit ausgebreiteten Armen, eilte Guntram auf Isa zu, doch kichernd, flink wie ein Schlänglein, huschte sie ihm unter den Händen weg und flog über den Rasen und wirbelte sich im Kreis. Nur die Veilchen, die ihr Mieder geschmückt hatten, waren ihm zwischen den Händen geblieben; mit zuckenden Fingern zerriß er das Sträußchen, streute die Blüten in die Luft und eilte der Tanzenden nach, die ihn näher kommen ließ und kichernd wieder floh, bis er sie haschte an ihrem flatternden Haar. Von ihren Lippen zitterte ein leiser Schrei, doch als er sie stürmisch umfaßte, schlang auch sie die Arme um seinen Hals und schmiegte sich an ihn, daß er jede Welle ihres bebenden Körpers fühlte. Und so umschlungen schwangen sie sich zu den wirbelnden Klängen der Zither im Tanz, immer schneller und wilder, bis Isas fliegende Haare den Jäger umstrickten, daß ihm der Atem zu vergehen drohte. Seufzend hielt er inne, aber seine Arme ließen nicht von ihr, und so standen sie aneinandergegossen in seligem Taumel, Leib an Leib und Lippe an Lippe in unersättlichem Kuß.

Dem Fischer sanken die Hände, die Zither schwieg, und nur die goldene Saite tönte noch leise fort. Mutter Sanna, als sie ihres Sohnes Glück gewahrte, weinte in stummer Freude. Uzzo aber erhob sich, zog die Zither vom Tisch und ging dem Hagtor zu. Noch einmal blickte er sich um. Guntram und Isa hielten sich noch immer umschlungen; der weiße Mondschein flutete um sie her, und über ihnen gaukelte ein Glühwurm mit bläulichem Licht. Wankenden Ganges verließ der Fischer den Hof und tastete sich am Hag entlang, denn alles schwamm vor seinen Augen. Er hatte schon das Ufer der Windach erreicht, als er merkte, daß er in seiner Hand noch immer die Zither trug.

»Du, elendes Holz«, klang es in Zorn und Schmerz von seinen zuckenden Lippen, »du hast dazu geholfen!« Schon hob er den Arm zum Wurf, doch er ließ die Zither wieder sinken, löste die aus Isas Haar geflochtene Saite und wand sie gleich einem Ring um seinen Finger; dann faßte er die Zither, schleuderte sie in die finstere Schlucht der Windach, und während in der Tiefe die Saiten dumpf erklirrten, warf sich Uzzo in wildem Schmerz zu Boden, grub das Gesicht in die Arme und schluchzte, daß ihm das Herz zerspringen wollte.

Es währte lange, bis seine Tränen versiegten. Ein kalter Windhauch, der über seinen Nacken strich, brachte ihn zur Besinnung. Er richtete sich auf und hörte ein Rascheln in allen Büschen, ein Murmeln und Flüstern in allen Bäumen. Erschrocken blickte er zur Höhe; kleine, wunderlich gestaltete Wölklein huschten im Mondschein über das Tal, eins hinter dem andern her, alle der gleichen Richtung zu.

»Walpurgisnacht!« stammelte Uzzo, und von jähem Grauen gepackt, floh er talwärts.

Langsam tauchte der Mond hinter die Berge, aber sein Schimmer fiel noch auf die eilig ziehenden Wölklein.

In hellerem Glanze funkelten die Sterne, und am Jägerhaus blieb ein Fensterlein erleuchtet bis zum Morgen.

5

Guntram und Isa waren Mann und Weib geworden. Mutter Sanna hatte Guntrams kleine Kammer bezogen und dem jungen Paar die große Stube überlassen. Was war das ein Sommer in Glück und Sonne! Jeder Tag eine neue, schönere Freude! Guntrams Glück war wie eine Quelle, die kein Versiegen kannte; er schöpfte und trank, und sein Glück wurde nicht ärmer, nur immer reicher und tiefer. Wenn er bei sinkendem Abend aus dem Bergwald heimkehrte, sang er mit heller Stimme, denn er wußte, daß Isa ihm entgegenkam und an einem versteckten Plätzchen seiner wartete. Da sprang sie wohl plötzlich aus den rauschenden Büschen hervor, umschlang ihn von rückwärts oder hielt ihm die Augen zu und lachte: »Rate, wer bin ich?«

Einmal bei solcher Frage dachte er an alles Vergangene; und als er ihre Hände niederzog, blickte er sie sinnend an und sagte: »Wer bist du? Wenn ich es nur raten könnte!«

Da wurden ihre Augen ernst und traurig; er aber umschlang sie mit zitternden Armen und flüsterte: »Du bist mein liebes, holdes Weib! Mehr will ich nimmer und nimmer wissen!«

Und sie lächelte wieder.

Kamen sie Arm in Arm nach Hause, so trat ihnen Mutter

Sanna unter dem Tor mit lustigem Nicken entgegen und zog sie in die Stube, und da mußte Guntram bestaunen, was die Mutter tagsüber geschafft hatte. Oh, wie fleißig war Mutter Sanna! Den einen Tag saß sie am Webstuhl und klapperte mit dem Rahmen und ließ das Schifflein springen, den andern Tag stand sie draußen auf dem grünen, blumigen Rasen und wusch und bleichte in der Sonne das neue zarte Linnen, das sie aus Isas feinem Gespinst gewoben hatte. Dann wieder ganze Tage saß sie hinter dem Tisch im Winkel und stichelte und nähte, und wenn die junge Frau die Stube betrat, nickte Mutter Sanna ihr schelmisch lächelnd zu, daß Isa errötete bis über die Stirne. Und die neue Truhe, die Guntram gezimmert hatte, begann sich mit allerlei niedlichem Kram zu füllen, als erwarte man im Jägerhaus die Ankunft eines Heinzelmännleins, für dessen Staat man sorgen mußte.

Während Mutter Sanna webte, bleichte und nähte, tat Isa alles, was es in Haus und Hof zu schaffen gab. Dabei aber wußte sie sich immer so schmuck zu halten, daß sie anzusehen war wie aus dem Ei geschält; sie saß aber auch an jedem Morgen, wenn die Sonne über die Berge stieg, wohl eine Stunde lang am Brunnen und strählte im Sonnenschein ihr Haar. Und immer sang sie ein Lied dazu. Mutter Sanna konnte nicht hören, was Isa sang. Doch eines Morgens schlich Uzzo am Jägerhaus vorüber und hörte die singende Stimme. Erbleichend hielt er inne und lauschte mit verhaltenem Atem; doch er konnte die Worte des Liedes nicht verstehen, es klang wie eine fremde Sprache, und die Weise tönte so wunderlich, daß sie nicht haften wollte in seinem Gedächtnis. Als das Lied verstummte, seufzte der Fischer, und während er weiterschritt, küßte er das goldene Haar an seinem Finger, und zwei heiße Zähren rannen ihm auf die Lippen.

Im Jägerhaus ließ sich Uzzo niemals blicken. Der Mutter Sanna fiel das auf, und eines Tages machte sie ihrem Sohn das Zeichen, das den Namen des Fischers bedeutete, schüttelte dazu die Hände und blickte Guntram fragend an. Er wurde verlegen, aber er zuckte die Schultern und schüttelte den Kopf, als wollte er sagen: »Ich weiß nicht, weshalb er nimmer kommt!« Im stillen dachte er dazu: »Jetzt könnt er meinethalben schon wieder einkehren bei uns.« Was hatte Guntram auch jetzt noch zu fürchten von Uzzo? Es lag ja nun sein Glück ›versichert mit einem Riegel, den keiner nimmer auftat‹. Freilich, wie tief in das Herz des Fischers Isas Blick gedrungen war, das konnte Guntram nicht ahnen. Sonst hätte er den Fischer wohl nicht angeredet, als er ihn eines Morgens hoch oben am Quellenlauf der Windach traf.

Uzzo saß neben einem Wassersturz und angelte in einem von Schaum überwirbelten Tümpel. Vor dem Rauschen des niederfallenden Wassers konnte er Guntrams nahende Schritte nicht hören. Doch als er eine Hand auf seiner Schulter fühlte, wußte er gleich, daß es Guntram wäre; er nickte einen stummen Gruß, ohne aufzublicken. Guntram blieb hinter Uzzo stehen und sah dem gaukelnden Spiel der Feder zu, die auf den Wellen tanzte. Nun tauchte sie tief ins Wasser, die Angelrute schnurrte, und eine pfündige Forelle zappelte in Uzzos Schoß. Er löste den Fisch vom Haken, und nun mußte er sich erheben und zurückgehen zu den Bäumen, in deren Schatten er das Lägel verwahrt hatte. Jetzt konnte Guntram sehen, wie verkümmert und zerfallen das Gesicht des Fischers war.

»Uzzo? Bist du krank?« fragte er erschrocken.

Der Fischer schüttelte den Kopf, und seine Augen wichen dem Blick des Jägers aus.

»Aber so sag mir doch, was fehlt dir?«

Uzzo beugte sich zur Erde und ließ die Forelle in das Lägel schlüpfen. »Ich glaub, eine Mahr ist über mich gekommen. Die hat meinen Schlaf gefressen.«

»Und deine Mutter Heilwig weiß keine Hilfe dagegen?«

»Da gibt's keine!« Uzzo hob das triefende Lägel auf den Rücken, nahm die Angelrute und wollte den Platz verlassen.

Guntram aber vertrat ihm den Weg. »Warum sieht man dich denn gar nimmer bei mir daheim?«

»Ich hab halt viel zu schaffen. Die Klosterleut brauchen Fisch. Es wird viel gefastet im heurigen Jahr. Alle Woch muß ich zweimal liefern.«

»Solltest doch einmal kommen und anschauen, wie gut wir hausen miteinander, ich und mein Weib!«

Uzzo schüttelte den Kopf und blickte zur Seite, denn die Augen wurden ihm feucht.

Guntram schwieg eine Weile; die Bewegung des Fischers war ihm nicht entgangen; und nun fragte er mit gezwungenem Lächeln: »Oder gönnst mir vielleicht mein Glück nicht?«

»Ich gönn dir alles«, sagte der Fischer mit schwankender Stimme, »dein Glück und alles! Und wünsch dir nur, daß du dein Glück auch hüten kannst!«

An Guntrams Schläfen schwollen die Adern. »Vielleicht vor dir?«

Uzzo hob das Gesicht und blickte den Jäger lange an mit traurigen Augen. »Nein, Guntram! Vor dir selber!« Ohne Gruß ging er dem Ufer zu, sprang über den rauschenden Bach und verschwand im Schatten des ansteigenden Waldes.

Guntram starrte ihm nach wie versteinert. »Vor mir selber?« Was war nur an diesem verwünschten Wort, daß es ihn getroffen hatte wie ein Stich ins Herz! Schwer atmend ließ er sich auf einen Felsblock nieder und blickte unter brütenden Gedanken in das ruhelose Spiel der Wellen.

Bei sinkender Nacht erst kam er nach Hause. Während der Mahlzeit sprach er keine Silbe. Als aber Mutter Sanna zur Ruhe ging und Guntram mit seinem jungen Weib allein blieb, faßte er Isa bei den Händen, zog sie auf seinen Schoß und stammelte: »Sag mir! Gelt, nein? Ich hab noch allweil nichts getan, was dich verdrießen könnt und unser sonnscheiniges Glück anhauchen mit einem Schatten?«

Sie schüttelte lächelnd das Köpfchen und legte die Arme um seinen Hals.

Stürmisch preßte er das junge Weib an sich. »Und gelt, nein? Das kann doch nimmer geschehen, daß du einen andern lieber haben könntest als mich?«

Erschrocken fuhr Isa auf. Doch als sie den bangen Blick seiner Augen und das Zittern seiner Lippen sah, lächelte sie wieder, küßte seine furchige Stirn und deutete nach der Fakkel, die an der Mauer in einem eisernen Ring stak und mit schöner Flamme brannte. »Wie dort das Feuer, so heiß und rein ist meine Lieb zu dir!«

»Isa!« Er schwieg und suchte ihre Lippen …

Tage und Monde vergingen, die Blumen des Sommers verblühten, an den Bäumen begann das Laub zu welken, und über die Berge fiel der erste Schnee. Das Glück im Jägerhaus hatte aber keine wechselnde Jahreszeit – es war wie bleibender Frühling. Guntram tat, was er seinem jungen Weib an den Augen abzusehen vermochte, und er schien bekümmert und von Unruh gequält, wenn ein Tag verging, an dem er nicht eine neue Freude für Isa ausgesonnen hatte. Wohl fiel ihm so manches am Wesen des jungen Weibes auf, was ihn betroffen machte, was ihm rätselhaft und unerklärlich schien, aber gewaltsam unterdrückte er jeden grübelnden Gedanken, mit eisernem Willen verbarg er jede Unruh, die in ihm erwachte, und niemals kam eine Frage über seine Lippen.

In den letzten Tagen vor Lichtmeß verließ er das Haus nicht mehr. Denn er wollte nicht fern sein, wenn Isas schwere Stunde käme.

Nun war es am Tag vor der Lichtnacht. Isa hütete seit dem Morgen das Lager, und Guntram saß in der Stube und reinigte eine verrostete Otterfalle. Da stürzte Mutter Sanna zur Tür herein und deutete ihm durch Zeichen an, daß er laufen solle, was er nur laufen könne. Der Schreck fuhr ihm in alle Glieder, und es währte eine Weile, bis er sich erheben konnte. Dann rannte er barhäuptig davon. Den zwei Stunden talwärts führenden Weg zum Haus des Fischers legte er in einer Stunde zurück. Triefend von Schweiß und atemlos trat er in den Hausflur. Uzzos Mutter stand am Herd und wollte just ein Feuer schüren.

»Mutter Heilwig«, keuchte er, »ich bitt Euch tausendmal, kommet nur gleich zu meinem Weib!«

»So? So?« nickte die Alte. »Ist's an der Zeit?« Sie humpelte in die Stube und kam zurück, warm vermummt und mit einem dicken Bündel.

Nun stiegen sie aufwärts durch den knirschenden Schnee. Die Gemächlichkeit, mit welcher Mutter Heilwig Schrittlein um Schrittlein setzte, brachte den Jäger fast zur Verzweiflung. Aber sie tröstete ihn mit guten Sprüchen. »Tu dich nicht sorgen«, sagte sie, »all Ding muß seine Weil haben!« Oder: »Kein Baum fallt auf den ersten Streich, jeder braucht seine hundert Hieb.« Oder: »Wenn das Wasser den ersten Waller tut, ist das Süpplein noch lang nicht fertig!« Oder: »Hast den Gockel schreien hören? Er schreit noch zweimal, bis Tag wird!«

Aber ihre langen Sprüche machten den Weg nicht kürzer. Als die beiden bei Einbruch der Dämmerung das Jägerhaus erreichten, kam Mutter Heilwig richtig schon zu spät, um die nützlichste von ihren Künsten zu betätigen. Ein niedliches Dirnlein, kaum zwei Spannen lang, schlummerte schon in der Wiege, und Mutter Sanna hatte den Kopf verloren, glücklicherweise erst, als sie ihn nimmer brauchte. Der alten Heilwig blieb nicht mehr zu tun, als über die Wöchnerin den Fieberbann zu sprechen und die Wiege mit allerlei Sprüchen und Zeichen zu feien, damit die Truden und Mahren keine Macht hätten über das Kind, und damit nicht eines Morgens statt des schmucken Dirnleins ein häßlicher Wechselbalg mit unförmlichem Weichselzopf in der Wiege läge. Guntram war vor Freude wie von Sinnen. Er streckte immer die Hände nach dem Kind, dessen Gesichtchen wie ein blasses Röslein aus den weißen Kissen der Wiege lugte. Aber er wagte das zarte Dinglein nicht anzurühren. »Schauet nur, schauet«, lachte er, »das ist ja heilig das ganze Mutterl! Schauet nur, die goldigen Härlein, die's hat! O du mein Herr, und schauet, ein winziges Mal, wie ein brennendes Flämmlein, hat's auf der Stirn!«

»Als wär's ein Elfenkind!« sagte die alte Heilwig.

Das hörte Guntram nicht mehr. Er lag schon neben Isas Lager auf den Knien und überströmte die kalten, leise zitternden Hände seines Weibes mit heißen Küssen und Tränen.

Während der Nacht gingen die Frauen und Guntram nur auf den Zehen im Haus umher. Isa lag in tiefem Schlaf; sie schlief so lange, daß in Guntram schon die Sorge erwachte. Aber die alte Heilwig sagte: »Lasset sie nur, sie überschlaft die Fieberzeit!« Endlich mußte sie doch geweckt werden, denn das Kindlein hungerte und wollte sich nimmer geschweigen lassen.

Isa richtete sich auf, ließ sich von der alten Heilwig das Kind in die Arme legen und sagte: »Gehet ein Weilchen aus der Stube, ich will allein sein, und kommet wieder, wenn ich Euch rufe!«

Zögernd ging die Alte zur Tür, setzte sich draußen auf die oberste Treppenstufe und schüttelte den Kopf. »Das gefallt mir nicht! Was will sie denn? Warum tut sie das? Nein, das gefallt mir nicht!«

Sie wartete und wartete, aber Isas Stimme wollte sich nicht hören lassen. Bei dem langen Warten kam der alten Heilwig ein wenig der Schlaf; doch gewaltsam überwand sie ihn, und da sie in der Stube noch immer nichts hörte, schlich sie zur Tür und guckte durch eine Klumse. Sie konnte das Lager nicht sehen; nur einen hellen Schein gewahrte sie. Es war doch seltsam, daß das kleine Lichtlein, das in der Stube brannte, eine solche Helle gab! Eine Weile noch wartete Mutter Heilwig, dann öffnete sie die Tür. Die Stube lag im Dämmerschein des trüb und müde brennenden Lichtleins. Heilwig aber stand entsetzt und zitternd, denn das Bett war leer.

Sie wußte kaum, wie sie die Treppe hinunterkam – sie stand mit einmal drunten. Die Stubentür war offen, und Mutter Sanna zündete gerade die sieben Lichtnachtkerzen an; Guntram kam just aus dem Hof herein und schüttelte den Schnee von den Füßen; er hatte vor dem Hagtor zwei Füchse bellen hören, war mit der Armbrust hinausgesprungen, hatte aber nichts gesehen. Und nun stand die alte Heilwig vor ihm, zitternd und schreckensbleich, und stotterte: »Um Jesu Christi willen, Guntram, Euer Weib ist fort und hat das Kindlein mitgenommen!«

Aus Guntrams Händen fiel die Armbrust klirrend auf die Fliesen. Er starrte wie ein Irrsinniger um sich her – richtig, das war die alte Heilwig, die vor ihm stand, und in der Stube zündete seine Mutter, die nichts hörte von allem, was vorging, das siebente Kerzlein an. Nein, er träumte nicht. Ein dumpfer Laut rang sich aus seiner Kehle, und schier mit einem einzigen Satz flog er die steile Treppe hinauf. Doch als er in die Stube stürmen wollte, hielt es ihn fest auf der Schwelle; er rieb sich die Augen, aber was er sah, das blieb und war kein Traum, sondern Wahrheit, die er greifen konnte mit Händen: in sanftem Schlummer ruhte Isa auf ihrem Lager, ein trauliches Lächeln auf den Lippen, das schöne bleiche Gesicht umringelt vom schimmernden Haar, und in ihren Armen schlief das Kind, dessen Händlein noch an der Mutter Brust lagen.

Keuchend kam die alte Heilwig herbeigehumpelt; mit all ihrer Weisheit konnte sie jetzt nichts anderes sehen, als was Guntram sah, und da stellte sie die Augen wie ein Bock der in die Hürde soll und nicht hinein will.

Unwillig faßte Guntram die Alte beim Arm, zog sie aus der Stube und schloß geräuschlos die Tür. »Heilwig? Seid Ihr denn närrisch worden? Was habt Ihr denn da gemacht und habt mir um nichts und wieder nichts einen Schreck eingejagt, daß ich gemeint hab, es gerinnt mir alles Blut zu Eis!«

»Was ich gesehen hab, das hab ich doch gesehen!« stotterte die Alte.

»Gesehen, ja! Geträumt habt Ihr! Redet, wie war's?«

»Ich hab ihr das Kind an die Brust gelegt, und da hat sie gesagt, sie will allein sein und ich soll hinausgehen aus der Stub ...«

»Ihr habt wohl geratschet ... ja, ja, Heilwig, das tut Ihr gerne ... und da hat sie wohl Ruh haben wollen vor Euch! Und dann ...?«

»Ich hab mich daher gehockt auf die Stieg und hab so lang gewartet, daß mir der Schlaf schier gekommen ist ...«

»Schier? So?« brummte Guntram, dem nach allem Schreck die Ruhe wieder kam, daß er fast lächeln konnte. »Jetzt weiß ich schon, wie's gegangen hat! Richtig geschlafen habt Ihr, und das unsinnige Zeug, das Ihr allweil denket, ist Euch im Traum gekommen, und da seid Ihr aufgefahren und hinuntergetrappelt über die Stieg ...«

Mutter Sanna kam, und als sie die beiden miteinander hecheln sah, blickte sie ihren Sohn mit fragenden Augen an. Aber Guntram schüttelte den Kopf, als wollte er sagen: »Es ist nichts, Mutter!« Leise öffnete er die Tür und spähte in die Stube; Kind und Mutter schliefen in stiller Ruh. Er winkte den Frauen, daß sie sich entfernen möchten; dann schlich er auf den Zehen an Isas Lager und setzte sich auf den hölzernen Schemel, den die alte Heilwig für sich zurechtgestellt hatte. Er hörte die Treppe knarren, als die Frauen hinunterstiegen. Nun war lautlose Stille in der dämmerig erleuchteten Stube; ganz leise nur flüsterten die tiefen Atemzüge des schlummernden Weibes. Guntram hätte gerne Isas Hand gefaßt, doch er fürchtete, die Schlafende zu wecken. Einmal bewegte sie sich ein wenig, und da rollte eine schwere Strähne ihres Goldhaars über das Kissen; Guntram faßte sie mit zitternden Händen und legte seine Wange darauf.

Drunten in der Stube, unter den hell brennenden Lichtnachtkerzen, saßen die beiden Frauen am Tisch. Eifrig fuchtelte die alte Heilwig mit den Händen, denn sie wollte Mutter Sanna begreiflich machen, was geschehen war; aber die weise Frau verstand sich viel besser auf das Reden mit dem Zünglein als auf die Zeichensprache. Mutter Sanna seufzte nur immer und schüttelte den Kopf, und da gab die alte Heilwig ihre nutzlose Mühe schließlich auf und beschäftigte sich mit der Metsuppe, welche Mutter Sanna für die weise Frau gekocht hatte.

Anderntags wurde das kleine Dirnlein auf den Namen Jutta getauft. Bei der strengen Kälte und dem tiefen Schnee konnte man den Täufling unmöglich nach dem sieben Wegstunden entfernten Kloster bringen. So nahm die alte Heilwig die Nottaufe vor.

Nach dem Taufschmaus trat die weise Frau mit vollgepfropftem Bündel den Heimweg an. Ehe sie den Wald erreichte, an dessen Saum der Fischer seine Mutter erwartete, blieb sie stehen, blickte nach dem Jägerhaus zurück und murmelte: »Wenn ich jetzt nur wüßt: hab ich geschlafen, oder bin ich wach gewesen?«

Sie humpelte weiter und schüttelte immer wieder den grauen Kopf. »Das gefallt mir nicht! Nein, das gefallt mir nicht!«

6

Nach dem strengen Winter trat der Frühling zeitlich ein, just, als hätte er es eilig, dem kleinen Dirnlein im Jägerhaus die ersten Blumen zu streuen. Die Buchen standen schon in vollem Laub, noch ehe die Ostern fielen; dann brachte ein schwüler Mittag das erste Gewitter.

Im Jägerhaus drehte sich alles Leben um das Kind. Isa – deren Schönheit gereift erschien wie die Schönheit einer Rose, die sich erschlossen – und Mutter Sanna erschöpften sich in Liebe und Sorge für das kleine Wesen. Die Frauen verbrachten mit dem Kind fast die ganzen Tage im Freien, denn die Räume des Hauses waren kühl, da die schweren Steinmauern der Wärme des Frühlings nur zögernd Einlaß gewährten. War die Arbeit im Hause getan, dann wurde auf der blumigen Wiese für das Kind eine weiche Bärenhaut in der warmen Sonne ausgebreitet, und Isa und Mutter Sanna kauerten daneben im Gras und ergötzten sich in unerschöpflicher Freude an dem drolligen Gezappel des Kindes, an seinem Lallen und Lächeln. War Isa mit dem Kind allein, dann sang sie ihm ihre seltsam klingenden Weisen vor, löste in der Sonne ihr Haar und ließ die winzigen Händlein des Kindes zausen an den schimmernden Strähnen. Da leuchteten ihre

Augen in Glück und süßer Lust. Karg aber war die Freude gemessen, die Guntram an seinem Kind genoß. Wenn er bei grauendem Morgen das Haus verließ, schlummerte klein Juttula noch in der Wiege, und kam er bei sinkendem Abend zurück, dann schlief das Kind schon wieder. Kehrte er einmal früher heim und fand das Kind noch wach und nahm es herzend auf den Arm, dann schrie das Dirnlein, als hätt' es Furcht vor dem fremden Gesicht, und streckte die Ärmchen nach der Mutter. Über all der Zärtlichkeit, mit welcher Isa das weinende Kindlein zu geschweigen suchte, konnte sie wohl vergessen, dem Heimgekehrten den Gruß zu bieten und ihm wie sonst den blühenden Mund zu reichen.

Einmal sagte er: »Ich merk schon, jetzt bin ich der Zweite geworden!«

Isa blickte ihn groß an und wandte sich schweigend zu ihrem Kind.

Da flog eine heiße Röte über seine Stirn. »Mußt nicht harb sein! Lieb' ist halt ein hungrig Ding!«

Sie sah mit feucht schimmernden Augen zu ihm auf und hielt ihm lächelnd auf ihren Armen das Kind entgegen. Er aber schüttelte den Kopf und ging zur Tür. Da stand Mutter Sanna vor ihm; hatte sie auch die Worte nicht hören können, die Guntram gesprochen, so schien sie doch alles zu erraten; Unwille redete aus ihren Augen, heftig schlug sie ein paarmal die Faust an ihre Stirn und lallte mit schwerer Zunge, wie sie es immer tat, wenn etwas ihren Ärger weckte. Doch Guntram schob die Mutter beiseite und verließ die Stube.

Vor dem Haus setzte er sich auf die Steinbank und starrte empor zum glühenden Abendhimmel. Unter schweren

Atemzügen hob und senkte sich seine Brust. »Es ist halt nimmer, wie's gewesen ist!«

Nach einer Weile kam Mutter Sanna und legte die Hand auf seine Schulter; sie rief ihn zur Mahlzeit; doch er deutete an den Mund und schüttelte die Hände: Er wollte nicht essen. Die Mutter faßte ihn am Arm, er aber riß sich los und ging zum Hagtor, das noch offenstand. Kummervoll blickte Mutter Sanna ihm nach, dann seufzte sie und ging ins Haus.

Die graue Dämmerung sank, und Guntram stand noch immer an den Pfosten des Tors gelehnt. Nun hob er lauschend den Kopf; vom felsigen Ufer der Windach herüber ließen sich klappernde Schritte vernehmen. Guntram sah eine dunkle Gestalt talabwärts schreiten; doch trotz der Dämmerung unterschied er noch die schwankende Angelrute.

»Er! Und allweil er! In meiner Freud wie in meiner Sorg, allweil lauft er mir über den Weg!« Das stieß er mit bebenden Worten hervor und ballte die Fäuste. Doch als er Uzzos Schritte verhallen hörte, sank ihm der Kopf auf die Brust. »Vor mir selber, hat er gesagt? ... Vor mir selber?«

Ungestüm richtete er sich auf, schloß hastig das Tor und eilte ins Haus. Er fand die Stube finster. Isa und Mutter Sanna hatten sich schon zur Ruhe begeben. Als er auf den Zehen in die Schlafkammer trat, die von einem winzigen Öllicht matt erleuchtet war, schlummerte klein Juttula in der Wiege, und Isa lag mit geschlossenen Augen. Lange stand er vor ihrem Lager, aber sie rührte sich nicht. Schlief sie – oder stellte sie sich schlafend? Angekleidet streckte sich Guntram auf sein Bett und verbrachte schlummerlos die Nacht, mit brennenden Augen an Isas stillem Gesicht hängend. Und seine

Gedanken gingen im Wirbel durcheinander wie welke Blätter, die der Wind in den Kessel eines Wasserfalles getrieben: sie steigen auf und sinken und kommen wieder, sie möchten sich lösen aus der wirbelnden Unruh, kaum aber schwimmen sie auf sanfterer Flut, da faßt sie schon wieder das ruhlos stürzende Wasser und macht sie tauchen, steigen und wirbeln ...

Der Morgen graute, und Guntram verließ die Kammer, ohne ein Auge geschlossen zu haben. Als er aus dem Haus trat, hörte er eine Nachtschwalbe trillern; sie sang immer ein Weilchen, dann verstummte sie, haschte in lautlosem Flug einen Dämmerungsfalter, kehrte auf ihren Zweig zurück und trillerte wieder. Guntram stand und lauschte. Das Lied der Nachtschwalbe erinnerte ihn an jenen seligen Abend, an welchem Isa sein Weib geworden ...

Ein rötlicher Schimmer erwachte am Himmel, die Nachtschwalbe verstummte, und der erste Amselschlag verkündete den nahen Tag.

Zögernden Ganges, den Blick zur Erde gesenkt, schritt Guntram seines Weges dahin. Plötzlich hielt er inne, als hätte ein Gedanke seinen Schritt gebannt. Lächelnd nickte er vor sich hin: »Das wird ihr Freude machen!« Er eilte den durchmessenen Weg zurück, umging das Jägerhaus und wanderte talwärts. Immer seltener wurden die dunklen Fichten, und bald empfing den Jäger ein frisch grünender Laubwald, durch dessen sanft rauschende Kronen die steigende Sonne goldene Fäden spann. Über blumige Wiesen führte Guntrams Weg und zu blühenden Hecken. Im tauduftigen Schatten dieser Hecken begann er zu suchen. Aber er hatte das erste Veilchen noch nicht gefunden, da hörte er näher kommende Schritte. Wer da kam, das war ohne Mühe zu erraten – und hastig verbarg sich Guntram im dichten Gebüsch. Er hätte dem Fischer um alles in der Welt nicht begegnen mögen – auf der Veilchenlese! War doch Uzzo auch dem Jäger noch nie auf der Bärenjagd in den Weg gelaufen!

Guntram stand mit verhaltenem Atem, und ein Zittern überlief ihn, als er den Fischer hart am Dickicht vorüberschreiten sah, mit einem dicken Veilchenstrauß auf dem Hut. Erst als Uzzo im Wald verschwunden war, trat Guntram wieder hervor und begann von neuem zu suchen. Doch ob er auch alle Hecken auf und nieder wanderte, er fand nur wenige, erst halb erschlossene oder schon halb verblühte Veilchen – Uzzo hatte gründliche Lese gehalten.

Das armselige Sträußlein in der sonnverbrannten Hand, trat Guntram endlich den Heimweg an. Er ging den gleichen Weg, den Uzzo gegangen. Und da blieb er mitten im Laubwald betroffen stehen: Vor seinen Füßen sah er hundert Veilchen auf dem Pfad zerstreut herumliegen. Da war wohl dem Fischer der Strauß vom Hut gefallen und hatte sich im Fall gelöst? Schon wollte Guntram über die Blumen hinwegschreiten; doch wieder hielt er inne.

»Wenn *ich* sie bringe? Wer sieht's den Blumen an, daß *er* sie gebrochen hat?«

Hastig bückte er sich und begann mit zitternden Händen die Veilchen aufzulesen. Einmal überkam es ihn, als möchte er die Blumen zu Boden schleudern und mit Füßen treten. Doch er tat es nicht. Sorgsam blies er den Staub von den Blüten und hob auch die letzte auf.

Die Morgensonne schien warm, und ehe Guntram das Jägerhaus erreichte, begannen die Veilchen schon zu welken. Als er den Hag betrat, sah er Isa mit gelösten Haaren auf der Wiese neben dem Kind sitzen, das auf der Bärendecke lag und jauchzend die Ärmchen nach der lachenden Mutter streckte. Guntram schlich sich lautlos heran und schüttelte die Veilchen über Mutter und Kind. Isa fuhr erschrocken zusammen, und klein Juttula, der die Blumen ins Gesichtchen gefallen waren, fing jämmerlich zu schreien an.

»Wie magst du das Kind nur so erschrecken!« zürnte Isa, und ohne der Veilchen zu achten, hob sie das weinende Kind empor und begann es unter leisem Gesang auf ihren Armen zu wiegen.

Guntram erbleichte, und ein bitteres Lächeln zuckte um seinen Mund. Wortlos wandte er sich ab und schritt dem Hagtor zu.

Als Isa nach einer Weile suchend umherblickte und seinen Namen rief, war er schon zu weit von seinem Haus entfernt, als daß er die Stimme seines Weibes noch hätte hören können. Ziellos wanderte er durch den sonnigen Bergwald empor. Auf einer freien Kuppe warf er sich ins Moos und starrte über das weite Tal. Dichter Wald verdeckte ihm den Ausblick nach dem Jägerhaus, aber der Lauf der Windach drüben über dem Tal lag offen vor ihm. Es war da hinüber ein weiter Weg, und dennoch konnte Guntram am Ufer einen beweglichen Punkt unterscheiden. Das mußte Uzzo sein. »Sooft er an mir vorbeigeht, bleibt eine Bitternis hängen an mir«, murmelte der Jäger mit bebender Stimme, »als hätt' er einen Fluch getan über mich und mein Glück!« Er hob die Faust, und seine Augen blitzten in heißem Zorn. »Gib acht,

Uzzo, gib acht, daß du mir nicht einmal über den Weg laufst zur unrechten Stund!«

Er nahm die Armbrust auf und stieg den kahlen Felsen zu. Stunde um Stunde wanderte er bergauf und nieder, ohne zu achten, wohin seine Füße ihn trugen. Um die Mittagsstunde merkte er, daß er in den Fuchsgaden geraten war. Hier in der Nähe mußte der Steinbau sein, in dem die arme Wela verschwunden war. Guntram begann die Höhle zu suchen; als er sie erreichte, sah er zwei junge Füchse, die in der Sonne gespielt hatten, in die Röhre fahren. Da wäre ein sicherer Fang zu machen, meinte Guntram, in dem die heiß erwachende Jägerlust alle trüben Sorgen seines Herzens schweigen machte.

Der Grund vor dem Eingang der Fuchshöhle bestand aus groben Felsbrocken, die in lockerem Schutt gebettet lagen. Guntram löste Stein um Stein aus der Erde, so daß allmählich eine tiefe Grube entstand; die Öffnung bedeckte er mit dünnen, dicht aneinandergelegten Gerten, die er leicht mit Sand überstreute. Dann verbarg er sich hinter einer buschigen Krummföhre und legte die gespannte Armbrust über das Knie, damit er zum Schuß bereit wäre, wenn etwa die alte Fähe mit Futter für ihre Jungen käme.

Eine Stunde um die andere verrann, aber die Füchslein wollten sich vor der Röhre nicht mehr blicken lassen. Guntram gedachte das Warten schon aufzugeben, als plötzlich ein schwarzes Schnäuzlein mit zitternden Barthaaren aus der Höhle guckte. Es verschwand, aber schon nach kurzer Weile guckte es wieder hervor, und diesmal etwas weiter, so daß man die kleinen, emsig umherblickenden Äuglein funkeln sah. Täuschend ahmte Guntram das ängstliche Kreischen nach, das ein junges Häslein hören läßt, wenn es von einem Fuchs oder Marder im Lager überrascht und gefaßt wird. Auf den ersten Laut schon tauchte aus der Röhre der ganze Kopf des Füchsleins hervor, es äugte nach allen Seiten, bewegte hurtig die kleinen, spitzigen Ohren und trippelte ungeduldig mit den Pfoten; jetzt tat es einen flinken Sprung, hinter ihm her schoß das andere Füchslein aus der Röhre – aber da waren sie alle beide schon wieder verschwunden; die Gerten waren gefallen, und die jungen Füchse lagen gefangen in der Grube.

Lachend sprang Guntram aus seinem Versteck und raffte einen wuchtigen Stein von der Erde, um mit ihm die gefangenen Raubtiere zu zerschmettern. Am Rand der Grube aber ließ er den Stein, den er schon zum Wurf erhoben hatte, wieder sinken. Die Füchslein, die eng aneinandergeschmiegt in einem Winkel der Grube kauerten und halb erschrocken, halb neugierig zu Guntram emporblickten, boten ein so drolliges Bild, daß er ihnen kein Leid zu tun vermochte. »Ich will sie mit heim nehmen«, dachte er, »das gibt eine Kurzweil für Isa und die Mutter, wenn ich im Hof die Füchslein springen lasse.«

Er glitt in die Grube hinunter, doch als er sich vor den Füchsen auf die Knie niederließ, machte ihn der Blick der Tiere ganz betroffen. Ihm war, als hätte er diesen gleichen Blick schon einmal gesehen – in menschlichen Augen! In wessen Augen nur? Er sann und sann – und da sah er sich plötzlich im verschneiten Bergwald stehen, die abgeschossene Armbrust in der Hand, und nahe vor ihm, an einen Baum gelehnt, da stand …

Heiß schoß ihm das Blut zum Herzen, und unwillig schüttelte er den Kopf, um den Gedanken, der sich ihm aufdrängte, gewaltsam von sich abzuwehren. Es war ja der helle Wahnsinn, was er dachte! Das schöne, sonnige Auge seines Weibes zu vergleichen mit dem Blick eines Raubtiers! Nein! Was dieses törichte, einer Erinnerung gleichende Gefühl in ihm erweckte, war wohl nur der Ausdruck der Furcht, die hier aus dem Blick der gefangenen Füchse sprach, wie damals aus dem Blick des verirrten, von allen Schrecken der winterlichen Berge umdrohten Mädchens; zitternde Furcht in einem Tier und zitternde Furcht in einem Menschenkind – die eine wie die andere kann im starren Auge nur immer die gleiche stumme Sprache reden. Guntram lächelte. Fast waren ihm die Füchslein lieb geworden um der seltsamen Erinnerung willen, die ihr Blick in ihm erweckt hatte. Flink – aber achtsam, um den jungen Tieren nicht weh zu tun – haschte er sie am Fell und steckte sie in den Weidsack, den er wieder auf den Rücken lud.

Nun trat er den Heimweg an. Und während des Marsches mußte er immer wieder lachen: so kribbelten und krabbelten die Füchslein auf seinem Rücken.

Als er den Hof erreichte, sah er Mutter Sanna am Brunnen stehen. Er winkte ihr, drehte sich um und deutete über die Schulter nach dem Weidsack. Neugierig lugte Mutter Sanna hinein, doch erschrocken fuhr sie zurück und humpelte eilig nach der Tür, wobei sie die Röcke zusammenfaßte, als fürchte sie, daß ihr die Füchslein zwischen die Kleider springen könnten. Guntram lachte so laut und lustig, daß es Isa in der Stube hörte; als sie unter der Tür erschien, deutete Mutter Sanna auf Guntram und schlug kopfschüttelnd die Hand an die Stirne, als hätte sie sagen wollen: »Schau nur, was er wieder für eine Narretei angestiftet hat!« Weiß Gott, das ging über Mutter Sannas Verstand: ein Jäger, der die Füchse schont und hätschelt, statt ihnen den Garaus zu machen mit einem flinken und gesunden Streich! Zögernd schritt Isa auf Guntram zu, der den Weidsack abgenommen hatte.

»Schau, was ich heimgetragen hab für dich!« sagte er lachend und hob die zappelnden Füchslein aus dem Sack.

Dunkle Röte flog über Isas Wangen, ihre Augen leuchteten auf wie in unerwarteter Freude; sie streckte mit stammelndem Laut die Hände, nahm die jungen Tiere auf den Arm, drückte sie an die Brust und schmiegte kosend die Wangen an das weiche Fell der Füchslein, die sich alles ruhig gefallen ließen, als wären sie jählings zahm geworden.

»Hab ich dir eine Freude gemacht?« lächelte Guntram.

Beim Klang seiner Stimme blickte Isa erschrocken auf; ihre Augen suchten das Haus, dann wieder hingen sie mit feuchtem Blick an Guntram, der befremdet gewahrte, daß Isa bleich geworden.

Zögernd, als könnte sie sich nur schwer von den jungen Tieren trennen, schob Isa sie auf Guntrams Arme und sagte leis: »Trage die Füchse wieder fort!«

»Aber ich seh doch, daß sie dir Freude machen, seh doch, daß du sie ungern wieder hergibst!«

»Trage die Füchse fort!« wiederholte Isa mit bebender Stimme.

»Warum?« Und Guntram furchte die Brauen. »Soll dir denn eine Freud nimmer gelten, bloß deswegen, weil sie von mir kommt?« Er lachte im Zorn. »Was für einer muß dann kommen, und was muß er denn bringen, damit dir's recht ist? Aber so oder so ... jetzt hab ich die Füchse heimgetragen, jetzt bleiben sie auch!«

»Trage sie fort, Guntram!« klang es mit banger Warnung von Isas bleichen Lippen. »Trage sie fort! Ich will es!«

»*Du* willst es? So? Ich aber will, sie sollen bleiben! Und was ich will, mein' ich, das wird noch allweil gelten in *meinem* Haus.«

Isa richtete sich auf wie in verwundetem Stolz; und dennoch blickten ihre Augen nicht im Zorn, nur in Trauer und Wehmut, als sie sagte: »Über deinen Willen hab ich keine Macht. So mögen die Füchse bleiben! Doch merke dir: ich habe sie nicht gerufen!« Sie wandte sich ab und trat ins Haus.

Guntram starrte ihr finster nach. Auf seinen Armen zappelten die Füchslein, um sich freizumachen. Noch stand das Hagtor offen – Guntram hätte nur die Arme strecken dürfen, und die roten Störenfriede wären zu Boden gesprungen und hätten den Weg ins Weite rasch gefunden.

»Nein und tausendmal nein! Jetzt sollen sie bleiben!« Er ging auf ein niederes Bretterhüttlein zu und koppelte die Füchse an eine verrostete Kette, die auf der Erde lag. Die Tiere zerrten eine Weile an der Kette hin und her, dann gewahrten sie das runde Loch an der Hundehütte und fuhren hurtig hinein. Guntram hörte, wie sie sich raschelnd einwühlten in das Heu, das einst der guten, treuen Wela zum Lager gedient hatte.

Der Abend dämmerte schon; aber Guntram trat nicht ins Haus; er nahm den leeren Weidsack auf, verließ den Hof und wanderte hinaus in das von dunklen Schatten überflorte Tal.

Im Wipfel einer einsam stehenden Eiche hörte er eine Ringeltaube gurren. Noch niemals in seinem Leben hatte Guntram nach solcher Beute getrachtet; eine Taube zu schießen, das wäre ihm nicht als Jagd erschienen, nein, als Mord.

Jetzt aber schlich er sich lautlos an den Fuß der Eiche, und als er auf einem dürren Ast die Taube sitzen sah, ließ er die Sehne schwirren. Ein kurzes Flattern, und schwer wie ein Stein fiel der Vogel zu Boden. Wohl erbarmte den Jäger die Taube, als er sie aufhob aus dem blühenden Kraut; aber er zuckte die Achseln: »Die Füchse müssen zu fressen haben!«

Er hielt die Taube auf der flachen Hand und betrachtete sie. Das Köpfchen baumelte, die grauen Lider waren halb über die Augen gefallen, und aus dem offenen Schnabel träufelte Blut. Die Brust, die der Bolz durchbohrt hatte, zeigte schüttere Stellen im Gefieder: Es war ein Weibchen, das schon im Neste saß.

Da mußte nun die ganze Brut verderben.

7

Die Füchse hatten es gut im Jägerhaus. Guntram fütterte sie, daß sie dick und fett wurden. Und bald waren sie auch so zahm, daß sie auf Schritt und Tritt hinter Isa einhertrollten und klein Juttula mit lustigen Sprüngen umkreisten wie abgerichtete Pudel. Mutter Sanna aber war den Füchslein nicht sonderlich gewogen; denn zwischen Guntram und Isa wollte der Hader kein Ende mehr nehmen, und immer waren es die Füchse, die dazu den Anlaß gaben. So meinte Mutter Sanna ein gutes Werk zu stiften, als sie eines Tages die Füchslein von der Kette löste und ihnen das Hagtor öffnete. Aber die Tiere, die sich schon an das Haus gewöhnt hatten, wollten den Weg ins Freie nicht suchen; Mutter Sanna mußte sie jagen und hetzen, bis es ihnen endlich einfiel, zum offenen Tor hinauszuhuschen und im Föhrendickicht zu verschwinden. Vergnügt schloß Mutter Sanna das Tor und humpelte in die Küche, um für den Abend den Imbiß zu bereiten.

Noch vor der Dämmerung kam Guntram nach Hause. Mutter Sanna begrüßte ihn nicht, denn sie fürchtete, er möchte nach den Füchsen fragen. Aber Guntram warf nur einen Blick in die Stube, dann stieg er die Treppe hinauf, kam zurück und trat in die Küche. »Wo ist Isa? Wo ist das Kind?«

fragte er mit hastigen Zeichen. Mutter Sauna schüttelte betroffen den Kopf und lief in die Stube; die Wiege war leer.

Guntram war vor das Haus getreten. »Isa! Isa!« rief er mit hallender Stimme, doch keine Antwort kam. Er eilte vor das Hagtor, und wieder rief er den Namen seines Weibes hinaus in den stillen Sommerabend. Da sah er Isa durch die Büsche einherschreiten; sie trug das Kind auf dem Arm, und die Füchslein liefen neben ihr. »Wo bist du gewesen?« fragte er heftig.

»Die Füchse hatten sich verlaufen. Ich habe sie gesucht und gefunden.«

»Ich aber will nicht, daß du das Haus verläßt. Hättest du die Füchse laufen lassen, wohin sie wollten.«

»Du hast sie ins Haus gebracht, nun muß ich sie hüten!« sagte sie ruhig, schritt an Guntram vorüber und betrat den Hof.

Mürrisch folgte er und schloß das Hagtor. Da sah er an Isas Gürtel etwas silberig Schimmerndes hängen – es waren drei Forellen, denen eine zum Reif gebogene Gerte durch die Kiemen geschoben war. Guntram erbleichte, und hastig vertrat er Isa den Weg.

»Wo hast du denn die Füchse gesucht?« fragte er mit bebender Stimme. »Im Fuchsgaden?«

»Nein, am Ufer der Windach.«

»Und da hast du wohl die Füchse, die du suchtest, getroffen, wie sie Forellen fischten?«

»Nein. Die Forellen hat mir einer geschenkt ...«

»Einer? Warum hehlst du seinen Namen? Sag doch, daß es der Fischer war ... Uzzo!«

»Uzzo, der Zitherschläger? Nein, der war es nicht! Oder

ich hab ihn nicht wiedererkannt. Bei der Brücke bin ich ihm begegnet …«

»Begegnet? So? Und ganz zufällig? Sag doch: ja!«

Isa tauchte den Blick in Guntrams Augen. »Ich verstehe dich nicht!«

»Weib!« knirschte er durch die geschlossenen Zähne und faßte Isas Arm mit so heftigem Griff, daß ein leiser Schmerzenslaut von ihren Lippen klang und das Kind erschrocken die Ärmchen um den Hals der Mutter klammerte. Guntram wich zurück und bedeckte das Gesicht mit den Händen. Als aber Isa in das Haus treten wollte, stellte er sich wieder in ihren Weg. »Gib mir die Fische!« Er riß die Gerte mit den Forellen von ihrem Gürtel. »Ich schaffe dir Wildpret jeden Tag. Da braucht dich nach Fischen nicht gelüsten!« Und im Zorn schleuderte er die Forellen über den Hag.

Mutter Sanna war zu spät gekommen, um ihn zu hindern. Sie rüttelte ihn am Arm, sie faßte ihn vor der Brust am Wams, sie schlug die Fäuste an ihre Stirn, sie fuchtelte mit Händen und Armen, und dann begann sie mit schwerer Zunge zu lallen, denn ihre Zeichen wollten nicht ausreichen für alles, was ihr Herz bedrückte.

Guntram stand wie ein Stock, nagte an den Lippen und starrte vor sich hin.

Seufzend verließ ihn Mutter Sanna und trat in die Stube; klein Juttula lag in der Wiege, neben welcher Isa saß, die verschlungenen Hände im Schoß, die blassen Wangen von Tränen überronnen. Zärtlich schlang Mutter Sanna die Arme um Isa, küßte sie auf die Augen und streichelte ihr das goldige Haar.

Vor dem Haus, auf der Steinbank, saß Guntram in der sinkenden Dämmerung, schwer atmend, die Fäuste auf den Knien. Und drüben vor Welas Hütte hockten die Füchslein in behaglicher Ruhe; das eine leckte an seiner Pfote, das andere putzte die Schnauze.

Guntram betrat in dieser Nacht die Schlafkammer nicht; er streckte sich in der Stube auf die Ofenbank und verließ das Haus, noch ehe der Morgen graute.

Von diesem Tag an kam für das Raubzeug in Guntrams Wildbahn eine gute Zeit; es konnte ungestört auf Beute gehen, denn der Jäger schien kein Auge mehr zu haben für die stumme Sprache der Fährten. Er achtete kaum darauf, wenn er eine Hirschkuh um ihr verlorenes Kalb, eine Rehgeiß um ihr geraubtes Kitzlein schmälen hörte. Nur selten stieg er über den Bergwald empor in das kahle Gestein, wo die Luchse bei den Rudeln der Gemsen ihren blutigen Zehnten erhoben. Fast die ganzen Tage lag Guntram nahe dem Jägerhaus im Gebüsch verborgen, oder er saß im Wald auf einer freien Kuppe, von welcher er sein Gehöft und den Lauf der Windach überblicken konnte. Geschah es, daß er den Fischer aus dem tieferen Tal emporsteigen sah zu den Quellbächen der Windach, so folgte er ihm mit den Augen, bis er ihn verschwinden sah – und verwandte dann keinen Blick mehr vom Hagtor seines Hauses.

Doch niemals konnte er gewahren, daß Isa das Gehöft verließ. Nur Mutter Sanna trat zuweilen aus dem Tor, um die Ziegen von der Weide zu holen oder auf einem nahen Berghang mit der Sichel Gras zu schneiden. Durch viele Stunden oft sah Guntram sein Weib mit Juttula auf der Wiese sitzen, und um sie her spielten die Füchse, die von Isa unzertrennlich geworden. Da streckte Guntram zuweilen die Arme, als könnte er hinuntergreifen durch die Luft, und vor Sehnsucht traten ihm heiße Zähren in die Augen. Einmal, es war an einem Abend, als der Sommer schon zum Herbst geworden, da hatte Guntram ein seltsames Gesicht ...

Er hatte auf der Morgenpirsch einen Hirsch erlegt, hatte die schwere Beute auf den Schultern nach Hause getragen und war, da er sich müde fühlte, über Mittag daheim geblieben. Mutter Sanna, die dieses seltene Ereignis auszunützen suchte, fand allerlei in Haus und Hof für ihn zu schaffen; willig verrichtete er, was sie von ihm verlangte. Als dann das Letzte getan war und Guntram in die Stube trat, die vom warmen Schimmer der Nachmittagssonne erfüllt war, sprach ihm das trauliche Bild, das ihm vor Augen lag, mit lockender Stimme ins Herz: Juttula schlummerte in der Wiege, in der, dem Kind zu Füßen, eines der beiden Füchslein kauerte, regungslos, als ob es wüßte, daß es sich still verhalten müsse, um das Dirnlein nicht zu wecken – und auf der Fensterbank, vom Sonnenschein umflimmert, saß Isa beim schnurrenden Spinnrad und zog mit langsam gleitenden Händen den glitzernden Faden.

Guntram stand und schaute ihr mit stillen Augen zu; je länger er sie betrachtete, desto heißer schwoll ihm das Herz. Er dachte jenes Abends, als sie zu ihm getreten war: »Komm, Guntram, jetzt wollen wir tanzen!« Wie rosig hatten damals ihre Wangen geblüht, wie hell ihre Augen geleuchtet! Und jetzt? Die Wangen so bleich und schmächtig, die Augen überschattet von Trauer und Schwermut! Warum nur? Warum?

»Isa?« stammelte er, streckte ungestüm die Arme und wollte sich an ihre Seite setzen.

Doch plötzlich sprang das zweite Füchslein – war es zu Isas Füßen oder in ihrem Schoß gelegen? – auf die leere Stelle der Bank und verlegte ihm den Platz.

»Muß denn allweil etwas sein zwischen uns!« fuhr es über seine Lippen, und in aufbrausendem Zorn versetzte er dem Füchslein einen Faustschlag, daß es heulend in einen Winkel der Stube flüchtete.

Isa erhob sich. »Weshalb schlägst du das schuldlose Tier?«

»Was hat es denn zu schaffen auf meinem Platz?«

»Wer hat ihm Zeit gelassen, sich an diesen Platz zu gewöhnen?«

Guntram wandte sich wortlos ab und wollte zur Tür gehen; da fiel sein Blick auf die Wiege; das Füchslein, das zu Jutulas Füßen lag, hatte den Kopf erhoben und spitzte die Ohren.

»Allweil und allweil das verfluchte Geziefer«, keuchte Guntram, »einmal bei meinem Weib und das andermal bei meinem Kind!« Er sprang auf die Wiege zu, packte das Tier am Hals und schleuderte es zu seinem Kameraden in den Winkel. »Das leid ich nimmer! Die Füchse müssen fort!« Er griff nach Hut und Armbrust. »Bis ich heimkomm, will ich sie nimmer sehen!«

In Isas Augen erwachte ein freudiger Glanz. »Es kann sie nur *einer* verjagen!« sagte sie mit bebender Stimme.

»Welch einer?« fragte er mürrisch.

»Der sie ins Haus getragen!«

»So! Dann wird der Unfried gleich ein End haben!«

Guntram warf die Armbrust auf den Rücken, ging auf den dunklen Winkel zu, in dem die Tiere hockten, bückte sich und wollte sie fassen. Aber die Füchse drängten sich Kopf an Kopf, schielten mit unheimlich funkelnden Augen zu ihm auf und fletschten die scharfen, blinkweißen Zähne. Hastig zog Guntram die Hände zurück und sagte mit erzwungenem Lachen: »Schau doch, beißen möchten sie mich auch schon!«

Mit raschem Schritt trat Isa an seine Seite. »Du hast doch ihre Zähne nicht gefürchtet, als du sie aus der Grube hobst!«

»Da waren sie noch klein. Jetzt aber sind sie großgefüttert, und Fuchsbisse heilen schwer, das geht wie Gift ins Blut.« Er starrte die knurrenden Tiere an. »Wartet nur, ich faß euch schon in der richtigen Stund!« Zornig stieß er mit dem Fuß nach den Füchsen und verließ die Stube, den Blick seines Weibes vermeidend. Große Zähren tropften von Isas Wimpern. Und draußen verhallte Guntrams Schritt.

Im Zorn hatte er das Haus verlassen und stieg empor durch den dämmerigen Bergwald. Als er sich der freien Kuppe näherte, auf der er die vielen Tage her so lange Stunden verlungert hatte, hörte er in einer Fichtendickung das knisternde Brechen kleiner Äste. Er riß die Armbrust von der Schulter, spähte in das wirre Gezweig und sah einen Wolf gegen den Rand der Büsche schleichen. Als das Raubtier die Blöße überspringen wollte, flog Guntrams Pfeil; mit durchschossenem Rückgrat stürzte der Wolf, richtete sich aber sofort wieder halb empor und erwartete mit glühenden Augen und aufgesperrtem Rachen den Jäger, der, das Weidmesser in der Faust, herbeisprang, um dem verwundeten Tier den Rest zu geben; doch als er sich zum Stoße vorwarf, führte der

Wolf mit der Pranke einen Hieb, daß dem Jäger die Klinge aus der Hand flog. Guntram aber lachte nur, packte den Wolf mit beiden Fäusten an der Kehle und würgte ihn mit so wilder Kraft, daß der verzweifelte Widerstand des Tieres bald erlosch. Und als es nun verendet zu seinen Füßen lag, starrte er den mit Geifer behangenen Rachen an und murmelte: »Der hat noch größere Zähne, und ich hab sie doch nicht gefürchtet! Und der hat nur meine Rehkitzen und Hirschkälber gefressen ...« er blickte über die Schulter ins Tal, »die da drunten aber fressen mein Glück.«

Müden Schrittes stieg er zur Kuppe empor, setzte sich auf einen Steinblock, stützte die Ellbogen auf die Knie und legte die Wangen auf die blutigen Fäuste.

Er sah sein Haus vom roten Schein der sinkenden Sonne umflossen, als stünd' es in Glut und Flammen. Und da hatte er plötzlich jenes seltsame Gesicht ...

Die Luft war klar und dünn, so daß ihm alles, auch das Fernste, nahe gerückt erschien, als könnt' er es mit Händen greifen. An seinem Haus unterschied er jeden Stein, jeden Kiesel im Hof, auf der Wiese jedes welkende Gras, jedes gelbe Blatt, das von den Obstbäumen niederflatterte. Doch sah er weder seine Mutter noch sein Kind – nur immer sein Weib. Isa saß auf der Steinbank; das Kleid und die Haare, alles brannte an ihr, und immer strich sie mit den Händen an sich nieder, als wollte sie die Flamme ersticken. Es gelang ihr auch, doch immer von neuem züngelte das Feuer auf! Woher kam es nur? Guntram sah es deutlich – die feuerweckenden Funken sprühten aus dem roten Fell der Füchse, die er spielen sah zu Isas Füßen. Spielen? Nein! Sie rauften sich um etwas: Halb war es anzusehen wie eine Taube, halb wie eine Nachtschwalbe – aber das war kein Vogel, Guntram wußte es genau: Es war sein Glück, und das hatte einen Mund, halb lachend, halb zuckend in Schmerz, und hatte zwei richtige Menschenaugen, das eine hell und leuchtend, das andere trüb und schielend. Aber Flügel hatte es, mit Federn wie ein Vogel, und mit ihnen wollte es immer in die Höhe flattern, aber die Füchse zerrten es wieder zu Boden und rissen es in Stükke, die sie verschlangen, eins nach dem andern. Und dabei wurden sie immer größer und dicker – und als sie das letzte Knöchelchen gefressen und das letzte Federlein verschlungen hatten, waren sie so riesenhaft gewachsen, daß sie mit dem Bauch allein schon hinausragten über den Giebel des Hauses. Und da schien es, als wäre der Talgrund nicht mehr fest genug, um diese riesigen Wänste zu tragen; wohin die Füchse ihre Pfoten setzten, brach die Erde zu tiefen Gruben ein. Das Haus erzitterte in allen Mauern, es wankte und barst, der eine Giebel neigte sich zur Rechten, der andere zur Linken, und immer tiefer versank es in den bodenlosen Grund. Mit den Mauern sank die Steinbank, mit der Bank das junge, blühende Weib, so tief, daß nur das brennende Haar und die gerungenen Hände noch über der Erde waren – und nun plötzlich konnte Guntram auch seine Mutter sehen: Sie stand in der Küche und versank mitsamt dem Herd und schien es gar nicht zu merken, denn emsig rührte sie in der Pfanne die Suppe für den Abendtisch. Und sein Kind!

Schlummernd versank es mit der Wiege, und als es verschwunden war, sah Guntram die kleinen Händchen noch einmal emporzucken aus der Tiefe, als wäre das Kind im Versinken und Ersticken jäh erwacht und höbe hilfesuchend seine Ärmchen – nach der Mutter? – Nach dem Vater?

»Mein Weib! Mein Kind! Meine Mutter!« schrie Guntram gellend auf; er war emporgesprungen und stand mit fahlem Gesicht und schlotternden Knien; doch als er die zitternde Hand über die Stirne streifte und irren Auges um sich blickte, glänzte rings um ihn her der stille, leuchtende Abend, und drunten im Tal stand immer noch sein Haus, rot blinkend im Widerschein der Sonne, deren Rand im Sinken schon den Grat der Berge berührte.

Er suchte seine Armbrust und das Weidmesser, zog den Wolf bis zum Rand einer Schlucht und stürzte ihn in die Tiefe. Dann trat er mit hastender Eile den Heimweg an. Wo nur eine Lücke im Wald seinen Augen einen Ausblick gewährte, spähte er nach seinem Haus. Über das weite Tal war schon der Schatten gefallen, und die Nebel begannen aus der Windach aufzudampfen …

Isa saß noch immer auf der Steinbank, die Hände im Schoß, und blickte suchend über die Berge hin. Da sah sie Guntram über eine steile Wiese hastig niedersteigen. Freudige Röte flog über ihre Wangen, als hätte sie gefühlt, daß es ihn heimtrieb zu Weib und Kind, in Sehnsucht und Liebe. Sie sprang auf und eilte zum Hagtor. Als die Füchse, die vor Welas Hütte lagen, Isas Absicht merkten, kamen sie herbeigeschossen und sprangen schmeichelnd an ihr empor. Doch Isa scheuchte die Tiere zurück und öffnete das Tor zu einem schmalen Spalt, um hinauszuschlüpfen. Da fühlte sie sich am Kleid gefaßt – Mutter Sanna stand vor ihr und schüttelte den Kopf, als wollte sie sagen: »Geh nicht fort!«

Isa aber sagte ihr mit Zeichen: »Guntram kommt, ich will ihm entgegengehen!«

Mutter Sanna lächelte und nickte – dabei merkten sie alle beide nicht, daß die Füchse sich wieder herbeigeschlichen hatten und lautlos zum Tor hinaushuschten. Die flinken Tiere waren schon in den nahen Büschen verschwunden, als Isa ins Freie trat und sorgsam hinter sich das Tor wieder schloß.

8

Schwebenden Schrittes folgte Isa dem Weg, auf welchem Guntram allabendlich heimzukehren pflegte. Leises Rauschen und Murren klang ihr entgegen – ein Seitenbächlein der Windach kreuzte ihren Weg. Schon wollte sie die schmale Brücke betreten, als Uzzo, der Fischer, über das Ufer des Baches emporstieg. Er trug in der einen Hand das Lägel, in der anderen die Angelrute und blickte erst auf, als er schon dicht vor Isa stand. Der jähe Schreck versteinerte ihn fast, nur ein leises Zittern rann über seine Glieder, und auf seiner Stirne wechselte Röte mit Blässe.

»Weshalb erschrickst du vor mir?« fragte sie lächelnd. »Seh ich denn aus zum Fürchten?«

Er atmete schwer und schüttelte den Kopf. In seinen hohl liegenden, kummervollen Augen erwachte ein heißer Glanz.

Betroffen trat sie ein paar Schritte näher; denn nun erst erkannte sie ihn. »Du bist Uzzo, der Zitherschläger?« Sie lächelte wie in träumendem Erinnern. »Ich habe dich damals nicht erkannt, als du mir die Forellen schenktest. Was ist geschehen mit dir? Bist du siech gewesen?«

Er konnte nicht sprechen.

»So rede doch! Was fehlt dir?« sagte sie mit einer Stimme voll herzlichen Erbarmens.

Da ließ er das Lägel und die Gerte fallen, ergriff mit zitternden Händen Isas Hand und stürzte schluchzend vor ihr in die Knie. Erschrocken wollte sie zurücktreten, doch sie konnte ihre Hand nicht lösen.

Auf dem Weg, zwischen dichten Büschen, ließen sich eilende Schritte hören – Guntram kam gegangen. Als er sich der Brücke näherte, huschten dicht vor ihm die Füchse über den Weg, so daß er betroffen den Fuß verhielt. »Die Füchse? Da muß Isa nicht weit sein!« murmelte er. »Was hat sie hier zu suchen? Ohne mich? Bei spätem Abend!« Hastig schritt er der Brücke zu – und wankte, als hätte ein Schlag sein Haupt getroffen. Er fuhr mit der Hand über die Augen, doch was er gesehen, sah er wieder – es wollte nicht in Luft zerrinnen, war keine Ausgeburt seiner fiebernden Sinne: vor ihm sein Weib, ihm den Rücken kehrend, und zu ihren Füßen Uzzo auf den Knien. Guntram wollte nach dem Messer greifen. Aber da sah er, wie Uzzo sich erhob, das Lägel und die Gerte nahm, noch einen heißen Blick auf Isa warf und schweigend davonging.

Isa blickte dem Fischer nach wie einem wandelnden Rätsel. Kopfschüttelnd wandte sie sich der Brücke zu. »Guntram!« stammelte sie, als sie ihren Mann erblickte, und wollte ihm entgegeneilen. Doch Schreck und Grauen bannten ihren Fuß. Guntram? War es denn wirklich Guntram? Wie sah er aus! Sein Gesicht war totenbleich, seine Augen starrten mit irrem Blick, sein Gewand war zerrissen von den Pranken des Wolfes, mit dem er gerungen, seine Brust und seine Hände waren besudelt vom Blut des Raubtiers. So kam er über die Brücke und blieb vor Isa stehen. Das Entsetzen lähmte ihre Zunge.

»Hat dir der Schreck die Red verschlagen?« sagte er mit heiserer Stimme. »Ein andermal mußt klüger sein! Denn tausend Worte können nicht mehr verraten als das einzige, das du nicht herausbringst! Aber was braucht's denn noch ein Wort … ich hab ja meine Augen!« Er wandte ihr den Rükken und schritt dem Haus entgegen.

Zitternd stand sie und vermochte keinen Fuß zu rühren. Doch als sie ihn zwischen den Büschen verschwinden sah, schrie sie seinen Namen, eilte ihm nach und umklammerte seinen Arm: »Guntram, was ist dir geschehen?«

»Rühr mich nicht an!« keuchte er. »Ich spür deine Hand wie Feuer … aber nein, deine Hände müssen sein wie Eis, denn was ein Fischer anrührt, wird naß und kalt!«

Noch immer verstand sie nicht. »Guntram! Befreie mich von meiner Sorge! Was ist dir geschehen? Deine blutigen Hände, dein Gewand …?«

»Ach so?« Er besah seine Hände und blickte an sich hinunter. »Und *du* sorgst dich um mich? *Du*?« Seine Lippen verzerrten sich bei rauhem Lachen. »Es könnt wohl sein, daß ein Untier mich angefallen hat und hat mir das warme Herz im Leib zerrissen. Das Tier hat noch schärfere Zähn als ein Wolf … und wenn ich recht mein', heißt es Untreue!«

Jähes Erblassen ging über Isas Züge. Aber sie sprach kein Wort; nur ihre Augen redeten ernst zu ihm; dann hob sie stolz das Haupt, schritt an ihm vorüber, öffnete das Hagtor und betrat den Hof.

»Schau doch«, lachte er zornig auf, »hochmütig tut sie auch noch!« Er folgte ihr, und als sie das Haus betreten wollte, stellte er sich ihr in den Weg. »Das ist *mein* Haus! Und ich hab wohl ein Recht, daß ich weiß, wer da hereingeht. Red, sag ich …«

»Du hast ein Wort gesprochen, das mir die Lippen schließt.«

»Hab ich dir vielleicht unrecht getan?«

»Ja, Guntram. Wir kennen die Untreue nicht. Hüte nur du dich vor ihr, denn Untreue und Unvertrauen ist Menschenart!«

»Wir? Wir? Von wem redest du denn?«

»Von mir und den Meinen.«

»Ach so, die Deinigen! Schau, die fallen dir jetzt auf einmal ein? Was sind denn das für Leut? Ich wär schon neugierig, daß ich auch einmal was hör von ihnen!«

»Rufe sie nicht!« klang es mit ernster Warnung.

»Geh, ich mein', da tät mich das Rufen hart ankommen!« spottete Guntram, als hätten Zorn und Eifersucht alle Besinnung in ihm erstickt. »Das müssen feine Leute sein, die Deinigen! Und viel gelten mußt du ihnen auch … weil sie in zwei Jahren sich so fleißig umgeschaut haben nach dir!«

»Guntram!« Isa streckte die Hände, als möchte sie seine Lippen schließen.

»Sie werden halt wissen, die Deinigen, was sie verloren haben an dir!« Mühsam würgte er jedes Wort aus der Kehle. »Gelt, ja? Aus lauter Liebe zu dir haben sie dich einschichtig liegenlassen im Schnee … nur schade, daß dich der Unrichtige hat finden müssen. Der Fischer, mein' ich, das wär der Rechte gewesen …« Die Stimme erlosch ihm. Er wankte ins Haus und schlug zwischen sich und Isa die Tür zu.

Mutter Sanna stand in der Küche am Herd und rührte in einer Pfanne, die über dem Feuer hing. Sie nickte ihrem Sohn freundlich zu. Die Dämmerung des Abends verschleierte Guntrams Gesicht vor ihrem Blick, und was er unter der Tür gesprochen, das hatte sie nicht hören können.

Draußen im dunklen Hof stand Isa, hielt das Gesicht mit den Händen bedeckt und wankte zur Steinbank.

Die Füchslein kamen zum Tor hereingesprungen, tollten noch eine Weile im Hof umher und krochen, miteinander scherzend, in Welas Hütte.

Nach einer Weile trat Guntram aus der Tür. »Komm herein!« rief er Isa zu. »Das Kind heinet!«

Sie ließ die Hände sinken und erhob sich. Da zeigten ihre Züge plötzlich den Ausdruck eines tiefen Schrecks. Wie abwehrend streckte sie die Hände vor sich hin, und ein heiß flehender Blick redete aus ihren Augen.

Redete? Mit wem? Guntram spähte umher. War denn einer gekommen, vor dem sie erschrecken mußte? Nein doch, der Hof war leer. Es hätte wohl auch nur ein einziger kommen können – und vor dem, meinte Guntram, wäre sie gewiß nicht erschrocken!

Er ging, um das Hagtor zu schließen. Noch einmal blickte er nach allen Seiten – da sah er einen Nebel an Isa vorbei über die Wiese gleiten und zum Tor hinaus flattern. »Das ist einer von den dicken Nebeln«, dachte er, »die den Sommer verjagen und den Winter bringen.«

Er schlug das Tor zu und trieb mit einem Faustschlag den Riegel vor. Als er zur Tür zurückkehrte, flog Isa ihm entgegen, warf die Arme um seinen Hals, drückte das Gesicht an seine Brust und schluchzte, wie nur heiße Liebe schluchzen kann, die eine Scheidestunde kommen fühlt.

Guntram erzitterte am ganzen Leib, er neigte schon das Gesicht, seine Lippen dürsteten nach dem Kuß seines Weibes – aber gewaltsam richtete er sich auf, löste Isas Arme von seinem Hals und trat ins Haus, ohne ein Wort zu reden.

Unsagbare Trauer in den Augen, blickte Isa ihm nach, und als er verschwunden war, wandte sie das blasse, verstörte Gesicht und sah über den Hag hinweg gegen die Höhe des bergwärts führenden Pfades. Was sie dort gleiten und schweben sah – war es ein Nebel? Fast glich es einer greisenhaften Gestalt mit wallendem Bart, in grauem Mantel und grauem Hut, dessen Krempe niederhing und ein Auge bedeckte …

Als Isa sich zur Tür wandte, saßen die Füchslein vor ihr und sahen zu ihr auf mit funkelnden Augen. »Geduldet euch!« flüsterte sie unter schmerzlichem Lächeln. »Es währt nicht lange mehr bis zur Lichtnacht!«

Die Füchslein sprangen zur Hütte, und Isa trat ins Haus. Als sie in die Stube kam, saß Juttula in der Wiege und streckte weinend die Ärmchen nach der Mutter. Isa hob das Dirnlein an ihre Brust und herzte in ungestümer Zärtlichkeit das Kind, daß es fast ersticken wollte unter ihren Küssen …

Guntram hatte recht geraten. Die trübe Nacht verging, aber die Nebel wollten sich über dem Windachtal nicht wieder lösen. Ein paar Tage noch – dann fiel der erste Schnee, und dichter mit jeder Nacht zog der Winter seinen weißen Mantel über die Berge.

Für den Jäger kam eine schwere Zeit. Todmüde kehrte er Abend um Abend aus dem Bergwald heim; und immer, bevor er das Haus betrat, umkreiste er in weitem Bogen sein Gehöft und spähte nach den Fährten im Schnee. Trat er endlich bei sinkender Nacht ins Haus, dann hängte er ohne Gruß die Armbrust an den Nagel, verzehrte hastig den Imbiß, den Mutter Sanna ihm vorsetzte, und suchte sein Lager auf; doch so müde er auch immer war, er konnte den rechten Schlaf nicht finden. Isa ging still im Haus umher; sie schien das Lachen und auch das Lächeln verlernt zu haben; kaum daß es dem holden Jauchzen und Lallen des Kindes gelang, in ihren schwermutsvollen Augen manchmal einen freundlichen Schimmer zu erwecken. Auch Mutter Sannas Laune war nicht die beste; sie seufzte immer und schüttelte den Kopf.

Nur die Füchse waren vergnügt und guter Dinge. Von Guntram hatten sie nichts mehr zu fürchten. Einmal wohl, auf dem Heimweg, als er die Füchse in der grauen Dämmerung vor sich herhuschen sah, hatte er zur Armbrust gegriffen; aber er hatte die Waffe wieder abgespannt. »Was kann das Geziefer dafür? Ich mein' doch, es wär ein anderer Fuchs, der sich eingehauset hat zwischen mir und meinem Weib!« So waren die Füchse sicher vor dem Jäger, der sich freilich auch nimmer die Mühe nahm, für ihren Fraß zu sorgen. Doch was kümmerte das die Füchse! Sie waren groß und stark geworden, pflegten im ganzen Tal umherzustreunen und hatten es gelernt, sich selbst zu füttern. Eines Abends fand Guntram nahe dem Hagtor die heimziehende Spur der Füchse; rote Schweißtropfen begleiteten die Fährte; sie hatten wohl einen Schneehasen gewürgt und in ihre Hütte geschleppt. »Schau nur!« lachte Guntram. »Jetzt haben sie gar schon das Morden gelernt!« Schwer atmend richtete er sich auf und ballte die Fäuste. »Wer weiß ... vielleicht fallen auch über *meine* Fährt noch einmal die roten Tropfen!«

Je tiefer es in den Winter ging, desto weiter begannen die Füchse ihre Streifzüge auszudehnen. Und es geschah nicht selten, daß Guntram ihre Spur in der Nähe jener Sennhütte fand, an welcher der Weg zu den Hochalmen der Trischuba vorüberführte. Gar manche Stunde verbrachte Guntram in dieser Hütte, um sich am flackernden Feuer die vom grimmigen Frost des Winters erstarrten Glieder zu wärmen. Die Hütte war ihm lieb! Hier hatte sein Glück begonnen, das nun wieder den Weg ins Weite nahm! Wohin? Nach welchem Ziel?

Bei all diesem Streifen und Streunen wurden die Füchslein scheuer und wilder mit jedem Tag. Waren sie im Gehöft, dann verkrochen sie sich in die finstersten Winkel. Nur selten lagen sie in Welas Hütte, und da schielten sie mit bösen Augen hervor, und weder Guntram noch Mutter Sanna durfte ihnen nahe kommen. Oft blieben sie ganze Tage, eine Woche verschwunden, und dann plötzlich wieder fiel es ihnen ein, mitten in der Nacht heimzukehren. Fanden sie das Hagtor verschlossen, dann begannen sie ein Kratzen, Scharren und Bellen, daß Guntram aus seinem dumpfen Schlummer erwachte. Er drückte die Hände über die Ohren, er grub den Kopf in die Kissen, aber die bellenden Füchse ließen ihn den Schlaf nicht wiederfinden. Um endlich Ruhe zu haben, mußte Guntram in Nacht und Schnee hinausstapfen und das Hagtor öffnen. Huschten die Füchslein an ihm vorüber, dann stieß er mit dem Fuß nach ihnen. »Erst hab ich gemeint, sie fressen mein Glück, und jetzt beißen sie herunter an meinem Schlaf! Wartet nur, ich erschlag euch doch noch einmal!«

Man merkte die vielen schlummerlosen Nächte an seinem Gesicht; seine Wangen waren farblos und eingefallen, die Augen lagen tief in den Höhlen zwischen brennenden Lidern, und der einst so schlanke Bursch ging nun gebeugt, schier wie ein Greis, mit dem Kinn auf der Brust. Seiner alten Mutter traten die Zähren in die Augen, sooft sie ihren Buben ansah. »Es hat ihn etwas angeblasen, daß er um seinen Schlaf gekommen ist ... ein Beißwurm oder eine Habergeiß!« dachte Mutter Sanna. »Ich will doch einmal hinuntergehen zur alten Heilwig und will sie fragen, was da zu machen ist!«

9

Einen hellen, sonnigen Wintertag benützte Mutter Sanna, um ihren Vorsatz auszuführen; sie hatte schwere Mühe, der alten Heilwig verständlich zu machen, weshalb sie gekommen wäre; schließlich trat sie aber doch getröstet und voll Zuversicht den Heimweg an, denn die weise Frau hatte ihr einen Schlafapfel gegeben. Mutter Sanna legte ihn unter Guntrams Kissen, aber der Zauberapfel wollte nicht wirken und helfen. Guntram hatte schlaflose Nächte, und sein Aussehen verschlimmerte sich von Tag zu Tag.

Ja, wenn die alte Heilwig hätte helfen können, dann hätte sie wohl zuerst ihrem eigenen Buben geholfen; denn der schmucke Bursche schwand in sich zusammen wie Schnee vor der Frühlingssonne. Erst meinte Mutter Heilwig, Uzzo hätte das zehrende Fieber, und da erschöpfte sie nun an ihm den ganzen Schatz ihrer wunderwirkenden Mittel. Sie mischte den nach Mitternacht bei zunehmendem Mond gewonnenen Sud von Raute, Sinngrün und Eisenkraut in seinen Met – aber es wollte nicht helfen, obgleich sie, während er trank, heimlich den Schwindsegen sprach:

»Blut, Fleisch, Bein, Mark, schwindet nicht,
Wie die Erd nie schwindet!

Blut, Fleisch, Bein, Mark, schwindet nicht,
Wie Sonn und Stern nie schwindet!
Blut, Fleisch, Bein, Mark, schwindet nicht,
Wie nie der Himmel schwindet!
In all Gottes Namen,
Amen!«

Dann wieder, da sie ihn in stiller Nacht gar oft und tief seufzen und stöhnen hörte, meinte sie, daß ihn ein böses Schrettel drücke. Da flocht sie aus geweihtem Palmholz ein Schrettelgitter, und während Uzzo schlief, legte sie es ihm auf die Stelle des Herzens. Aber es wollte nicht helfen.

Endlich war sie überzeugt, daß ihm eine Almdirn aus Rachsucht, weil sie verschmäht worden war, die ›blinde Lieb‹ angezaubert hätte. Uzzo suchte wohl unter müdem Lächeln seiner Mutter diese Meinung auszureden, aber er tat doch, um Ruhe zu haben, was sie verlangte: Er nähte sich aus Bockleder neue Schuhe, wanderte in ihnen auf ebener Straße so weit, bis er zur Linken ein Brünnlein rinnen sah, füllte an der Quelle den rechten Schuh und goß das Wasser über die linke Schulter; dazu murmelte er das Sprüchlein, das Mutter Heilwig ihn gelehrt hatte – aber es wollte nicht helfen.

Nun meinte Heilwig, er sollte die Bosheit, die man ihm angetan, mit Rache vergelten.

»Ach, Mutter, wie könnt ich das!« seufzte Uzzo.

Er wollte damit sagen, daß es ihm wider das Herz ginge, Rache zu üben; die alte Heilwig aber glaubte, daß Uzzo gefragt hätte: Wie kann ich das zuwege bringen? Und da sagte sie: »Das ist leicht und schnell getan. Ich gieß dir eine Kerze aus Katzenfett; die zündest du an um Mitternacht, und durch den brennenden Docht bohrst du sieben spitzige Nadeln und sagst dazu:

Ich stech das Licht, ich stech das Licht,
Ich stech das Herz, das ich liebe!

Dann muß die böse Dirn selber alle Pein und Schmerzen leiden, die sie dir angetan, du mein armer Bub!«

Heftig schüttelte Uzzo den Kopf. »Nein, Mutter, das tu ich nie und nimmer!«

»Aber so sei doch gescheit ...«

»Nein, Mutter, und tausendmal nein! Das tu ich nicht! Lieber versterb ich dran, als daß ich *ihr* ein einziges ungutes Stündl wünschen möcht!« Er ging zur Stube hinaus, um vor der Mutter die Zähren zu verbergen, die ihm in die Augen traten.

»Ihr? Ihr?« brummte die alte Heilwig. »So also steht's? Er kennt die Dirn, die's ihm angetan hat, und verhehlt ihren Namen vor mir?« Sie hörte ihn draußen mit dem Lägel poltern und den Hof verlassen. »Wart nur, ich komm auch ohne dich dahinter, was für eine das sein kann! Laß nur erst die Lichtnacht dasein! Dann weiß ich schon, was ich tu! Und wenn ich nur erst ihren Namen kenn, dann will ich ihr schon ein Scheitl in den Weg legen.«

Es fehlten nur ein paar Wochen noch bis Lichtmeß. In den letzten Tagen und Nächten hatte Mutter Heilwig alle Hände voll zu schaffen mit Kräuterwählen, mit Kochen und

Brauen und auch sonst noch mit mancherlei unheimlichen Dingen. Über all diesen dunklen Geschäften hätte sie fast vergessen, die Lichtmeßbrote zu backen. Und das wäre unverzeihlich gewesen. Denn die Lichtnacht ist von jenen Nächten eine, in denen die Türen der menschlichen Wohnungen offenstehen für Geister und Elfen. Da ist das Lichtmeßbrot mit dem Kümmel gut – was nicht erdgeboren ist, kann den Kümmel nicht essen. Kommt dir nun um Lichtmeß ein fremder Gast ins Haus, so brauchst du ihm nur das Kümmelbrot zu reichen: Ißt er davon, so magst du ruhig sein; läßt er es aber liegen, so weißt du, wieviel's geschlagen hat, und kannst dich wahren!

Als der Abend vor der Lichtnacht dämmerte, war alles bereit zu dem Werk, das die alte Heilwig plante. Es war ihr lieb, daß Uzzo mit der Heimkehr säumte, denn sie wäre wegen des späten Weges, den sie anzutreten hatte, wohl um eine Ausrede verlegen gewesen. Sie deckte noch den Abendtisch für ihren Buben, legte das Kümmelbrot neben den hölzernen Metbecher und zündete im heiligen Winkel die sieben Lichtnachtkerzen an; dann verließ sie das Haus, dick eingemummt in warmes Rauchwerk. In einem Bündel trug sie, was sie brauchte für diesen Gang; die Bereitung dieser Dinge hatte der weisen Frau, die jahraus, jahrein mit allem versehen war, was wider Geister und bösen Zauber als Schwert und Schild zu brauchen ist, keine ernstliche Sorge gemacht. Nur der Ort, der sich als günstig für das Werk erwies, war schwer zu finden gewesen: denn es mußte ein Flecklein Erde sein, das gedüngt war mit dem Blut eines Menschen. Zu guter Stunde noch hatte Heilwig sich erinnert, daß Guntrams Vater eines unnatürlichen Todes gestorben war; sie kannte genau den Platz, auf dem der wunde Hirsch mit den Sprossen seines Geweihes den Jäger zu Tod geforkelt hatte. Auf dieser blutgetränkten Stelle wollte sie nun ihr heimliches Werk vollführen, und wenn sie nur selbst von allem Nötigen nichts versah, dann mußte es gelingen: die Dirn, die ihrem Buben den bösen Zauber angetan hatte, mußte ihr erscheinen! Wohl war es ein unheimlicher Weg, den sie betrat, und eine gruselige Sache, die sie unternehmen wollte. Aber die alte Heilwig war eine Mutter – und was tut eine Mutter nicht für ihren Sohn! Dann war sie auch wohlerfahren im Kampf wider alle bösen Mächte, hatte sich der Beihilfe aller Heiligen versichert, und was sie mit sich trug, alles war gefeit mit frommen Sprüchen und geweihtem Wasser. So kundig in all diesen Dingen wie die alte Heilwig war Mutter Sanna nicht – aber glaubt ihr, es hätte einen Weg in der Welt gegeben, den sie nicht gegangen wäre, um Guntrams verlorenen Schlaf zu suchen? Hätte sie diesen Weg nur gewußt!

Der helle Vollmond stand bereits am Himmel, als Heilwig mühsam emporwatete über den beschneiten Pfad. Immer wieder blieb sie stehen und lauschte, ob nicht Uzzo des Weges käme – sie hätte sich ja verbergen müssen, denn er durfte sie nicht sehen. Als sie sich schon dem Jägerhaus näherte, ohne daß ihr Uzzo begegnet war, meinte sie, er hätte an diesem Tag wohl nicht in der Windach gefischt, sondern in einem der Bäche des tieferen Tals.

Aber die alte Heilwig täuschte sich. Vom Morgen bis zum Abend war Uzzo an den Quellbächen der Windach hin- und hergestiegen. Und der Fischfang war ihm so gut geraten, daß er das Lägel kaum zu schleppen vermochte; deshalb scheute er, als er bei Einbruch der Dämmerung den Heimweg antreten wollte, einen steilen Umweg und schritt, um rascher den gebahnten Weg zu erreichen, über einen gefrorenen Tümpel hinweg. Doch krachend brach unter ihm die glatte Decke, und bis an den Hals stürzte Uzzo in das eisige Wasser. Mühsam gewann er das Ufer, triefend, vor Kälte schauernd an allen Gliedern. So konnte er den weiten Heimweg nicht antreten – es wäre ihm jeder Faden am Leib gefroren, und er hätte sich davon den sicheren Tod geholt. Was aber tun? Ins Jägerhaus? Nein – lieber sterben! Da fiel ihm die nahe Sennhütte ein. Hastig raffte er die Angelrute auf und fischte das Lägel zwischen den Eisschollen hervor; nun war es leicht zu tragen, denn es hatte sich geöffnet, und die Forellen waren entschlüpft. Uzzo begann zu laufen, daß ihm heiß wurde. Als er die Hütte erreichte, mußte er den Schnee fortscharren, um die Tür öffnen zu können. In der Hütte, deren Raum schon finster lag, fand er dürres Holz; zum Glück auch hatte das Beutelchen aus Otterfell, in dem er Feuerstein und Schwefelfaden verwahrt trug, dem Wasser widerstanden.

Bald prasselte ein helles Feuer auf dem Herd, und in der schwelenden Hitze begannen Uzzos Kleider zu trocknen. Da hörte er nahe vor der Hütte zwei Füchse bellen. Er öffnete die Tür und trat ins Freie; auf dem verschneiten Grund und über dem weiß behangenen Bergwald glitzerte der Mondschein. Lautlose Stille ringsumher. Nur in Zwischenräumen das Gebell der Füchse! Bald klang es näher, bald tiefer im Wald, und von allen Seiten, aus dem Tal herauf, von den Felsen nieder, wie ein vielstimmiges Echo, scholl der heisere Doppellaut zurück. Das war unheimlich anzuhören in der Stille der Nacht. Schon wollte Uzzo die Tür schließen; da sah er über die Höhe des steil zur Trischuba emporziehenden Waldes einen roten Schimmer gleiten, als würden Fakkeln durch den Wald getragen. Ein jähes Grauen rüttelte seine Schultern – das alles war ja wie damals vor zwei Jahren, als er bei sinkender Nacht mit Guntram vor dem offenen Hagtor gestanden.

Er bekreuzte sich und stieß die Tür zu. Als er neben dem Feuer auf dem Herdrand saß, lauschte er noch mit verhaltenem Atem; immer weiter entfernte sich das Gebell der Füchse, bis es endlich ganz verstummte.

Uzzo lehnte sich an die Blockwand und starrte in die Flammen. Lange hingen seine Gedanken der seltsamen Erscheinung nach, und er konnte sich eines dunklen Bangens nicht erwehren, als hätte sie für ihn eine böse Bedeutung. War es denn anders gewesen damals vor zwei Jahren? War nicht am Tage nach jener Lichtnacht Mutter Sannas Geschwisterkind in das Jägerhaus gekommen? Hatte ihn nicht sein Unstern dem schönen Mädchen in den Weg geführt, so daß er in seiner Brust einen Stein mit heimtragen mußte, der nun gewachsen war zur Zentnerlast, sein Herz zerdrückend und sein Leben?

Nein! Was er jetzt zum zweitenmal gesehen, bedeutete nichts Böses mehr für ihn! Was konnte denn über ihn noch Schlimmeres kommen als dieses unheilbare Siechtum seines Herzens, diese verzehrende Sehnsucht, dieses Seele und Leib verbrennende Dürsten, diese sündige Liebe zu eines anderen Weib!

»Ach, du mein gütiger Herrgott«, schrie es in seinen Gedanken, »was kann ich denn dafür? Du hast sie ja selber geschaffen, so schön und lieb, daß jedes Herz an ihr hängen muß, wie das Blatt am Baum, wie ein Stern am Himmel!«

Er sah die trauliche Stube im Jägerhaus, er sah in der heiligen Ecke die Lichtnachtkerzen brennen mit strahlendem Schein – auf dem gedeckten Tisch waren die Becher gefüllt mit süßem Met – und auf der Bank saß Guntram, neben ihm sein schönes junges Weib; sie hielten sich eng umschlungen mit den Armen und küßten sich und lachten und küßten sich wieder.

Aufschluchzend preßte Uzzo die Hände über sein Gesicht. »Er im warmen Glück … und ich in der kalten Einöd! Warum denn *er*? Hätt ich sie denn minder liebgehabt? Ich hätt sie doch auch auf Händen getragen, hätt doch auch jedes rauhe Lüftl abgewehrt von ihr, hätt doch auch jedes Steinl und Astl weggeräumt aus ihrem Weg? Warum denn *er*?«

Es währte lange, bis seine Tränen versiegten. Nun saß er in dumpfem Brüten; alle Glieder waren ihm wie abgeschlagen; die aus den glühenden Kohlen hauchende Wärme umzitterte sein Gesicht, und ohne daß er es merkte, rannen ihm die Gedanken hinüber in die wirren Traumbilder eines schweren Schlummers …

In der traulichen Stube des Jägerhauses brannten um die gleiche Stunde wohl die Lichtnachtkerzen in der heiligen Ecke, der Tisch war gedeckt, und die Becher waren gefüllt mit süßem Met. Aber Guntram würgte an jedem Bissen. Und Isa, die ihm gegenübersaß, berührte weder Trank noch Speise; tiefe Blässe lag auf ihren starren Zügen, und ihre seltsam glänzenden Augen hingen wie träumend an den zuckenden Flammen der Kerzen. Zwischen den beiden saß Mutter Sanna und kämpfte gegen den Schlaf; sie hatte wohl den schweren Met zu rasch getrunken, denn ihr Becher stand geleert.

Zuweilen warf Guntram einen Blick zu Isa hinüber; und einmal sagte er: »So iß doch!«

»Mich hungert nicht!« erwiderte sie tonlos, ohne sich zu regen.

»Ach so!« lachte er zornig auf. »Es ist nur Wildpret! Fisch kann ich dir halt nicht vorsetzen!«

Isas Lippen zitterten, aber sie sagte kein Wort. Nun war in der Stube wieder drückende Stille. Nach einer Weile erhob sich Mutter Sanna und deutete mit müden Zeichen an, daß sie den Schlaf nicht mehr bezwingen könnte; sie küßte Isa auf die Stirn, reichte Guntram die Hand und verließ die Stube; unter der Tür taumelte sie fast.

Guntram stieß den Teller von sich und drückte den Kopf zwischen die aufgestützten Fäuste. Isas Augen hingen an ihm, als erwarte sie etwas, ein Wort, nur einen einzigen guten Blick. Aber die Stube schien leer zu sein für Guntram.

Die Lichtnachtkerzen wollten erlöschen, und draußen im mondhellen Hof bellten die Füchse; es klang nicht laut, nur wie ein Murren. Ein Schauer rann über Isas Glieder; langsam erhob sie sich und ging zur Tür; hier blieb sie tief atmend stehen. »Guntram?« sagte sie leis, und der Name klang, als hätte nicht ihr Mund ihn gesprochen, sondern die Stimme ihres tiefsten Herzens. »Guntram? Es ist spät an der Zeit! Willst du nicht schlafen kommen?«

Er schüttelte den Kopf. »Geh nur! Ich trink noch meinen Becher.«

Sie griff zur Klinke und öffnete die Tür; doch wieder zögerte sie. Aus ihrer Kehle rang sich ein schluchzender Laut, hastig kam sie auf Guntram zugegangen und streckte ihm in tiefer Bewegung die beiden Hände hin.

Betroffen blickte er zu ihr auf, eine heiße Röte flog über seine vergrämten Züge, und seine Augen leuchteten. Da bellten im Hof die Füchse; ein Schatten legte sich über Guntrams Gesicht. »Warum bellen sie?« dachte er. »Schleicht am End einer um den Hag?« Sein Gesicht verzerrte sich. »Was willst du?« sagte er. »Ach so? Du meinst wohl, weil mir die Mutter die Hand gereicht hat zur guten Nacht, mußt du es auch so machen? … Meinethalben!«

Zur Seite blickend, streckte er die Hand; aber sie wurde nicht ergriffen; und als er aufsah, war die Stube leer.

Nun saß er allein, hielt die Fäuste in den Tisch geschoben, starrte vor sich hin und nagte an der Lippe.

Die Lichtnachtkerzen erloschen, eine nach der anderen; nur ein letztes Stümpfchen flackerte noch.

Schwer seufzend erhob sich Guntram und griff mit müder Hand nach dem Becher. Kaum aber hatte er gekostet, da stieß er den Trunk zurück – der Met schmeckte bitter und roch wie Mohn.

»Der ist auch schon sauer geworden! Es wird halt alles hin in meinem Haus!«

Das letzte Licht erlosch, und Guntram stand im Dunkeln; über die finstere Treppe tappte er hinauf in die Schlafkammer; auch hier brannte kein Licht mehr. Er warf sich auf sein

Lager, und die Ermüdung – vom frühen Morgen bis zum Abend war er umhergestiegen auf tief verschneiten Berghängen – ließ ihn bald entschlafen. Aber sein Schlummer war unruhig, wirre Träume schreckten ihn. Einmal fuhr er auf – es war ihm, als hätte er eine Tür gehen hören. Das war wohl auch nur im Traum gewesen? Und wieder entschlief er.

Durch die geschlossenen Läden fiel ein dünner Mondstrahl, der die Finsternis in der Stube nicht zu lösen vermochte.

Draußen aber, rings um Haus und Hof, schwamm und glitzerte alles im Silberglanz der Vollmondnacht. Kein Lufthauch regte sich. Nur manchmal ein leises Knirschen und Knistern, wenn der in der Kälte spröde gewordene Schnee von überbürdeten Zweigen zu Boden rieselte.

Wo von dem ausgetretenen Weg, der mitten durch das Tal emporzog, ein schmaler Pfad sich abzweigte in das dichtere Gebüsch, saß die alte Heilwig auf einem Stein, von dürrem, schneebehangenem Gestrüpp umgeben. Sie zitterte an Händen und Füßen, ihre Zähne klapperten vor Kälte und zugleich vor Angst und Grauen. Aber sie wich nicht von der Stelle. Doch blickte sie immer wieder scheu hinüber zu dem kleinen, schon halb vermoderten Kreuz, das Mutter Sanna einst über der Erde errichtet hatte, die ihres Mannes Blut getrunken.

Jede lautlos verrinnende Minute wurde der alten Heilwig schier zu einer Ewigkeit. Aber sie wartete und wartete. Sie hatte doch all ihre Weisheit erschöpft, all die gefeiten Kräuter vergraben und ausgelegt, alle Sprüchlein gemurmelt, sie hatte nichts versehen: Die Dirn, die ihrem Buben den bösen

Zauber angetan, *mußte* nun erscheinen, ob sie wollte oder nicht.

Als aber eine Stunde um die andere verging, ohne daß die Erwartete sich zeigen wollte, stiegen in der alten Heilwig doch gelinde Zweifel an ihrer Weisheit auf. Und die grimmige Kälte hatte auch eine Stimme, die heimlich mitredete. Heilwig seufzte ein um das andere Mal, sie klapperte immer lauter mit den Zähnen, und sooft sie auch den Gedanken an den Heimweg aus ihrem wackelnden Kopf verscheuchte – er kam immer wieder.

»Es wird halt doch so sein, daß ich was Wichtiges vergessen hab!« murmelte sie und wollte sich schon erheben. Da sah sie über den nahen Büschen, die den Weg geleiteten, einen rötlichen Lichtschein aufzucken, und über die Kreuzung der beiden Pfade huschten zwei langgestreckte Tiere gespensterhaft hinweg. Wohl waren sie anzusehen wie flüchtige Füchse – ob es aber auch Füchse waren? Wirkliche Füchse? Die alte Heilwig wußte wohl, daß es nicht geheuer war in der Lichtnacht. Und Meister Hämmerlein, der Höllenschmied, der einen großen Tiergarten hält, pflegt wohl auch einmal zur Abwechslung die Böcke auszuspannen und mit den Füchsen zu reisen!

Jetzt wäre Mutter Heilwig am liebsten auf und davon gelaufen. Hätte sie sich nur regen können! Aber sie saß vor Angst und Schreck wie versteinert.

Immer näher glitt der rötliche Schein, der zuckend und zitternd kämpfte gegen den stillen Silberglanz des Mondes. Es währte nicht lange, so konnte Heilwig gewahren, daß der Schein von einer Fackel kam, deren züngelnde Flamme langsam einhergaukelte zwischen den beschneiten Büschen. Und es war ein Weib, das die Fackel trug; schon tauchte das Haupt empor, ein schneeweißes Antlitz, umringelt vom gelösten Haar, dessen rote Strähne im Fackelschein und Mondlicht funkelten und glitzerten wie gesponnenes Gold. Schwebenden Schrittes wandelte an Mutter Heilwig die schlanke Gestalt vorüber, angetan mit weißem Gewande, das wie Silberzindel schimmerte und dessen Säule verbrämt waren mit weißem Dunenpelz.

»Das Weib des Guntram!« stammelte die alte Heilwig, und während der Schein der Fackel allmählich verschwand zwischen Büschen und Bäumen, schlug sie ein Kreuz um das andere über Stirne, Brust und Lippen.

Nun wußte sie, wer ihrem Buben den bösen Zauber angetan. Dazu aber hatte sie noch so viel erfahren, daß ihr vor Schreck und Grauen schier der Herzschlag stockte, während all ihre Sinne wirbelten.

Zitternd erhob sie sich. »Jetzt weiß ich, daß ich nicht geschlafen hab in der letzten Lichtnacht!« Wieder bekreuzte sie das Gesicht, murmelte dazu ein Stoßgebet und fing zu laufen an, immer stolpernd im tiefen Schnee, keuchend vor Angst und Erschöpfung. »Eine solche ist das! Eine solche! Jetzt kenn ich mich aus! Das wär nicht das erstemal, daß eine solche in ein Menschenhaus zur Freit gegangen ... und in der Wehnacht hat sie ihr Kindl heimgetragen ... heim zu den Ihrigen ... das Elfenkind!« Die alte Heilwig rannte, daß ihr der Schweiß in dicken Tropfen über die fahlen, schlotternden Backen kollerte. »Und an dem Jäger hat sie nicht genug gehabt! Ach, du mein armer, armer Bub! Wo ist denn jetzt noch eine Hilf für dich!«

Da begann sie laut zu schluchzen, und ihre rinnenden Zähren mischten sich mit dem perlenden Schweiß …

10

Guntram erwachte stöhnend, noch geschüttelt von den Todesschauern des wüsten Traumes, der ihn gequält. Ihm hatte geträumt, er wäre in tiefer, finsterer Bergschlucht gewandert, einsam und wunschlos, zufrieden mit der dunklen Straße, auf der sein Fuß sich zurechtfand ohne irrende Mühe. Da fiel es plötzlich über ihn mit blendender Helle; als er die Augen hob, sah er in der Luft eine leuchtende Kugel schweben, anzusehen wie eine Sonne, denn sie leuchtete wie der Tag und hing doch wie ein Stern inmitten der Nacht. Jäh erwachte in seinem Herzen eine brennende Sehnsucht: Wenn er die Kugel gewinnen könnte, wäre er der glücklichste Mann. Er riß die Armbrust von der Schulter, denn er meinte, die Kugel ließe sich herunterschießen wie ein Vogel. Er spannte die Sehne, legte einen Bolz in die Schiene und zielte. Doch wie er auch drücken mochte, der Bügel rührte sich nicht, und die Sehne schien wie versteinert. Er warf die Armbrust zu Boden und begann an der steilen Felswand emporzuklimmen. Unter seinen Füßen bröckelte das morsche Gestein; wohin er immer trat mit seinem Eisenschuh, überall stürzten die gelösten Trümmer prasselnd in die Tiefe.

Er mußte springen und springen, von einem Felsenband zum anderen, und nirgends fand er sicheren Halt. Seine Hände bluteten schon, von seinen Fingern waren die Nägel gerissen, seine Glieder zitterten vor Erschöpfung, doch wie von blindem Wahnwitz getrieben, schwang er sich höher und höher, bis er sich so weit verstiegen hatte, daß es keinen Rückweg in die Tiefe mehr gab. Hoch über ihm sprang aus der schwindelnden Felswand eine grasige Platte vor, bedeckt von blühendem Speik und Edelweiß. Dort oben wäre er geborgen, und dort oben ließe die leuchtende Kugel sich greifen! Er klomm und sprang, umprasselt von stürzendem Gestein, und endlich, da seine Kräfte schon versiegen wollten, gelang es ihm, die Platte mit den Händen zu erfassen. Doch als er mit den Augen emportauchte über den Rand, sah er von der anderen Seite einen Kopf erscheinen. Es war der Fischer.

»Uzzo! Allweil und allweil du!« keuchte Guntram und hob sich mit der Brust auf die Platte. »Was willst du hier?«

»Die schönen Blumen will ich mir holen.«

»Die Blumen sind mein!«

»Nein, Guntram, der Herrgott hat die Blumen wachsen lassen für alle Leut!«

»Nicht ein Städlein sollst du haben!« schrie Guntram; er hatte sich auf die Platte geschwungen und stand mit geballten Fäusten, zitternd vor Zorn.

»Sei gut, Jäger!« sagte Uzzo freundlich und griff mit beiden Händen in das üppige Gras, um sich emporzuziehen. »Wir wollen teilen. Nimm du das Edelweiß, ich will mich begnügen mit dem Speik.«

»Zurück, Uzzo! Hier steh ich allein, und da ist kein Raum für dich.«

»Wir müssen halt zusammenrücken!« meinte Uzzo und hob die Knie auf den Rasen. Aber Guntram versetze ihm einen Stoß, daß der Fischer zurücktaumelte über den Rand der Platte; nur mit den Händen hing er am Gras noch festgeklammert.

»Um Jesu willen, Jäger, hilf mir und laß mich nicht stürzen!« hörte Guntram den Fischer flehen. Eine Regung des Erbarmens überkam ihn, er bückte sich, er wollte Uzzos Arme fassen – aber die Hände des Fischers hatten sich schon gelöst – Steine prasselten, ein Seufzer zitterte in die Luft, und aus der finsteren Tiefe quoll das dumpfe Geräusch eines schweren Falles.

Guntram hatte ein Gefühl in der Brust, als wäre sein Herz zu Eis geworden. Er schüttelte sich, als könnte er die Kälte von sich abwerfen: »Warum hat er greifen müssen nach dem, was mein ist!« Mit beiden Knien warf er sich in das Gras und riß die Blumen ab; aber sie waren zertreten und welk, und jede Blüte, die er mit seinen vom Gestein zerschundenen Händen berührte, wurde fleckig von Blut. Schaudernd ließ er die Blumen fallen und drückte die Fäuste an seine Schläfe. Es war so wirr und wüst in seinem Kopf, daß ihm die Gedanken zerrannen wie Wasser im Sand. War er denn mit Gefahr seines Lebens emporgeklettert um dieser Blumen willen? Nein! Was ihn gelockt und gezogen hatte, war ein anderes gewesen! Er blickte verstört umher, starrte empor an der steilen Felswand, und da sah er hoch über sich die Kugel leuchten, rot wie eine untergehende Sonne. Von neuem begann er zu klimmen. Doch immer, wenn er meinte, jetzt und jetzt vermöchte er die Kugel zu greifen, war sein Arm um eine Spanne zu kurz. Er stieg und kletterte, seine Kräfte drohten zu versiegen, seine Stirne troff, und der brennende Schweiß umflorte seine Augen. Aus der finsteren Tiefe wallten Dämpfe empor, rot und dick wie die Rauchwolken einer Feuersbrunst; sie rochen wie warmes Blut, wallend und wirbelnd hüllten sie ihn ein und mischten sich betäubend in seinen Atem, daß ihm die Brust so schwer wurde, als lägen Berge über ihm. Mit erlöschenden Sinnen erreichte er den Gipfel, vor seinen verschwimmenden Blicken gaukelte noch ein glitzernder Schein – er griff nach ihm und spürte etwas zwischen seinen Fingern, kalt und feucht, aber anzufühlen wie eine Kugel. Krampfhaft hielt er die Finger geschlossen und öffnete sie nur langsam, wie ein Kind, das eine Fliege gefangen – und da sah er in seiner Hand ein Fuchsauge liegen, von Blut umronnen, aber mit lebendem Blick, funkelnd, falsch und boshaft! Grauen und Ekel fuhren ihm in alle Glieder, er wollte den Greuel von sich schleudern, aber das Auge hing an ihm wie festgewachsen; schreiend schüttelte er die Hand, taumelte zurück und wankte, seine Füße traten in leere Luft, die Felsen wichen unter ihm, und sausenden Falles stürzte er nieder in die gähnende Finsternis. Über ihm kam es nachgerollt wie eine Lawine: Sand, Steine, Felsen, ganze Berge, und alles fiel auf seine Brust. Doch mitten in all dem Prasseln und Gepolter hörte er ein leises Weinen wie aus weiter Ferne – und jetzt aus der Tiefe ein dumpfes Rauschen wie von einem reißenden Strom. Er fühlte schon den eisigen Hauch der Gewässer, von seinen Lippen schütterte noch ein gellender Schrei, dann stürzte er in die tosende Flut – und erwachte. Zitternd, in Schweiß gebadet, saß er auf seinem Lager, starrte umher in der finsteren Stube und konnte lange nicht fassen, daß alles nur ein Traum gewesen, daß er wache und lebe. Da hörte er wieder jenes leise Weinen. Träumte er denn noch immer? Aber nein – er hörte das Weinen wirklich – klein Juttula war wach geworden, als Guntram im Traum geschrien hatte.

»Isa!« rief er. »Steh auf! Das Kind heinet!« Keine Antwort kam, nichts regte sich in der Stube, nur Juttula weinte leise fort. »Isa! Hörst du nicht? Das Kind heinet!« rief er noch einmal und griff hinüber nach dem anderen Lager, um sein Weib zu wecken. Aber er fühlte nur die leeren Kissen. Kalt und heiß überlief es ihn. »Weib! Isa!« schrie er. Doch alles blieb still, und das Kind, erschreckt durch den zornigen Ruf, hörte zu weinen auf. Hastig erhob sich Guntram, fuhr in die Kleider und riß an beiden Fenstern die Läden auf, daß der helle Glanz der mondscheinigen Winternacht in die Stube floß. Nun konnte er mit Augen sehen: Das Bett seines Weibes war leer.

Er drückte die Faust auf sein wild hämmerndes Herz und griff sich an die Stirn. Nur halbe Gedanken konnte er denken, alles wirbelte in seinem Kopf. Ratlos, als vermöchte er allein nicht hinwegzukommen über diesen Augenblick, stürzte er zur Tür der anstoßenden Kammer, in welcher Mutter Sanna schlief. Die Hände über der Brust gefaltet, lag sie in tiefem Schlummer, das freundliche Gesicht vom Mondschein überleuchtet.

»Mutter! Mutter!« schrie er, vergessend, daß Mutter Sanna ihn auch nicht hätte hören können, wenn sie wach gewesen wäre. Er faßte die Schlummernde an beiden Armen und rüttelte sie. Doch Mutter Sanna wollte nicht erwachen. »Mutter! Mutter!« schrie er wieder, rüttelte an ihr und riß sie halb empor. Aber die Schlafende erwachte nicht, und als er ihre Arme fahren ließ, fiel sie schwer zurück in die Kissen. Eine dumpfe Angst überkam ihn. »Um aller Heiligen willen! Es wird doch der Mutter nichts geschehen sein!« Er stürzte vor dem Lager auf die Knie und umschlang die Mutter. Da hörte er ihren leise pochenden Herzschlag und spürte den Gang ihres ruhigen Atems. »Sie schläft! Aber das geht nicht zu mit rechten Dingen! Wie kann denn eins so schlafen, daß es nicht zu wecken ist. Das könnte nur ein Schlaftrunk ...«

Ein Schauer ging ihm über den Nacken, er schnellte empor, ballte die Fäuste und starrte unter irrem Gelächter hinaus in die Stube, auf das leere Bett seines Weibes. »Jetzt weiß ich, warum der Met gesäuert hat! Einen Schlaftrunk hat sie uns geben wollen, uns beiden. Die Mutter hat ihn genommen, ich hab ihn stehen lassen. Warum einen Schlaftrunk? Weil sie etwas treiben wollte in dieser Nacht ... und das muß etwas Heimliches sein, etwas Unrechtes ... sonst hätt sie es doch sagen können und hätt uns nicht schläfern müssen!« Wieder lachte er, und dabei standen ihm doch die Tränen in den Augen. »Jetzt weiß ich auch, warum die Füchse gebellt haben. Er hat wohl schon vor dem Hag gewartet, der andere, und gezittert und gebangt, bis sie gekommen ist und hat ihm das Tor aufgetan. Und jetzt meinen sie, ich lieg im Schlaf, daß kein Hahnenschrei mich weckt ... und sitzen drunten in der Stub, unter meinem eigenen Dach!« Sein ganzer Körper erbebte, und seine Fäuste zuckten. »Herr, du mein Gott! Wenn das wahr ist! Wenn sie so grundschlecht sein können allbeid, dann … dann war's ihre letzte sündige Freud, und meine letzte Pein und Schand dazu!«

Er stürzte hinaus in seine Schlafstube, schlug Feuer und steckte eine Kerze in Brand. Als er zur Tür schlich, zitterte die Kerze in seiner Hand so heftig, daß ihm der heiße Talg über die Finger rann. Da sah er auf dem Stuhl neben Isas Lager ihre Kleider liegen; einen Augenblick hielt er betroffen inne; dann ging er auf einen Schrein zu und riß ihn auf – es fehlte das Gewand, in welchem Isa vor zwei Jahren das Jägerhaus betreten hatte. »Schau doch! Und schön hat sie sich auch noch gemacht für ihn. Freilich, Sünd ist allweil etwas Fürnehms. Was zum Teufel in Heimgarten geht, muß putzen!«

Entschlossen richtete er sich auf und schritt zur Tür. Wieder hielt er inne – ein leises Schluchzen hatte sein Ohr getroffen. Er hielt die flackernde Kerze über die Wiege; das Kind lag wachend, mit großen, angstvoll blickenden Augen, das rote Mündlein zuckend und von Tränen überronnen.

Er stellte die Kerze nieder und hob das Dirnlein aus der Wiege. »Tu nicht heinen, Juttla!« raunte er in Zorn und überquellender Bitterkeit. »Schau, dein Heinen könnt ja die Mutter stören in ihrer sündhaften Freud! Stören … und warnen auch!« Die Knie wurden ihm so schwach, daß er sich auf den Bettrand niederlassen mußte. Das Kind auf seinen Armen sah ihn scheu und erschrocken an; dann plötzlich drückte es sein tränennasses Gesichtchen an Guntrams Wange und schlug die bebenden Ärmchen um seinen Hals, so fest, als hätt' es den Vater erkannt, als wollt' es ihn halten und nimmer, nimmer lassen!

Guntram saß und wiegte das schluchzende Dirnlein sacht an seiner Brust. Er fühlte den Druck der kleinen Ärmchen, er spürte an seiner Wange die rinnenden Zähren des Kindes, er fühlte das holde Körperchen zittern an seiner Brust, und in seinem Herzen erwachte ein Empfinden, so warm und süß, wie er es nie in seinem Leben erfahren, auch nicht im Rausch des heißesten Kusses, den sein Weib ihm gewährte!

Allmählich verstummte das Schluchzen des Kindes, seine Ärmchen wurden schlaff, und über seine heiß geweinten Augen sank der Schlummer. Lautlose Stille war in der Stube; die Kerze flackerte, immer länger wurde der glühende Docht, und die Flamme begann mit feinem Ton zu singen.

Achtsam erhob sich Guntram, hauchte einen zärtlichen Kuß auf Juttulas schimmernde Löcklein, legte das schlafende Kind in die Wiege und zog ihm die warme Decke bis an das Hälschen. Dann stand er noch immer, blickte nieder auf das Kind, und Träne um Träne tropfte ihm über die Lippen.

»Ach du mein Herr! Wieviel Glück hätt sein können in meinem Haus … und wieviel Elend ist gewachsen!« Ein Gedanke zuckte in ihm auf, der ihn erbeben machte. »Hab ich denn selber Schuld daran? Was es auch allweil gegeben hat, sie ist doch gleich wieder gut geworden zu mir! Bin ich nicht selber der Ungut gewesen, der den Unfried ausgesät hat, so dick, daß mir jetzt das Schneiden sauer wird, wo das Getreide in Halmen steht! Selbigsmal, wie ich die Füchse ins Haus getragen hab, da hat's angefangen … und so weit hat's kommen müssen, so weit!« Er starrte auf Isas Lager und wandte das Gesicht zur Tür. Heiß schoß ihm das Blut zum Herzen. »Wenn's am End doch nicht wahr wär, was ich fürcht …?«

Er packte die brennende Kerze, rannte hinunter in den Flur und stieß an der Stube die Tür auf. Der Raum war still und leer; man roch noch das Wachs der Lichtnachtkerzen, und auf dem Tisch stand noch Guntrams Becher mit dem Met …

Er streckte abwehrend die Hand, als wollte er die stumme Sprache nicht hören, die der Becher redete. »Isa! Isa!« rief er, und als keine Antwort kam, rannte er in die Küche, in den Stall, in die Scheune – von Isa aber fand sich keine Spur. »Sie ist fort! Fort aus dem Haus! Wohin aber? Wohin?« Er eilte zur Haustür; sie stand wohl geschlossen, aber der Riegel war zurückgeschoben. Hastig riß er die Tür auf, und der kalt einströmende Luftzug löschte die Kerze. Er brauchte nun auch keine Leuchte mehr; schier taghell lag die Mondnacht über den weißen Bergen.

»Vielleicht sind die Füchse laut gewesen«, dachte er, »und sie ist heruntergegangen, um das Geziefer still zu machen!« Mit nackten Füßen rannte er durch den Schnee zu Welas Hütte – und fand sie leer. »Die sind auch fort? Freilich, die müssen doch allweil dabeisein, wenn um meine Ruh gespielt wird! Die Glückfresser, die verfluchten!« Nun sah er, daß das Hagtor offenstand. »Fort ist sie! Richtig fort!« Er streckte die Fäuste.

»Wie weit sie sich vergangen hat … und wohin … ich weiß es nicht und will's nicht denken! Aber finden will ich sie! Finden! Und wär's am Ende der Welt!«

Er eilte wieder in das Haus, fuhr in die Schuhe, schnallte mit zitternden Händen das Wehrgehänge um die Hüften und warf die Armbrust hinter die Schulter. So trat er wieder unter die Haustür, barhäuptig. Da sah er draußen im Tal eine dunkle Gestalt zwischen den beschneiten Büschen laufen – und das schien ein Weib zu sein.

»Isa! Isa!« schrie er mit gellender Stimme; doch keine Antwort ließ sich hören, nur die Berge warfen das hohle Echo seiner Stimme zurück; aber jene Gestalt schien seinen Ruf vernommen zu haben, denn sie blieb eine Weile stehen und verschwand dann hastig hinter einer Biegung des Pfades.

»Isa! Isa!« schrie er noch einmal, stürzte zum Hagtor und rannte hinaus in die stille, flimmernde Winternacht.

11

Atemlos erreichte Guntram den Pfad, auf dem er jene dunkle Gestalt hatte wandeln sehen. Lauschend hielt er inne und spähte mit brennenden Augen nach allen Seiten. Und wieder sah er die Gestalt, nun weiter talwärts, nahe dem Ufer der Windach. »Sie ist es! Sie muß es sein! Wer sonst denn käme hierher in der Nacht! Und talwärts geht sie … hinunter gegen Uzzos Hütte!«

Mitten durch die Büsche sprang er dahin, daß ihm die schlagenden Zweige Gesicht und Hände zerkratzten und daß der Schnee ihn durchnäßte bis auf die Haut. Am Saum des Waldes, der zwischen dem Jägerhaus und der Fischerhütte das Tal durchquerte, erreichte er das Weib.

»Ihr, Mutter Heilwig?« stammelte er betroffen.

»Was tust du denn so erstaunt?« keuchte die Alte und riß ihren Arm aus seinen Händen. »Es gibt ja wohl solche, die hundert Gesichter haben. Ich aber bin ein Menschenkind und hab nur eins, und das bleibt sich immer gleich, bei Tag und bei Nacht, so daß ich wohl zu kennen bin! Aber man kennt auch andere, jawohl, man kennt sie schon!«

Was will sie nur mit dem sinnlosen Gered? dachte Guntram. Mit forschenden Blicken hing er an ihrem Gesicht, und da entging ihm die furchtsame Erregung nicht, die aus ihren verstörten Zügen sprach und all ihre Glieder zittern machte. Wieder faßte er ihren Arm und fragte rauh: »Was habt Ihr zu suchen hier? In der Nacht?«

»Geht es dich was an?« erwiderte Heilwig gereizt und riß sich los. »Du kümmere dich nur um *deine* Sachen! Ich tu, was ich mag, und geh, wo ich will. Aber was *du* hier suchst ... das kann ich mir wohl denken!«

»Sie weiß, daß Isa mein Haus verlassen hat und daß ich sie suche!« schrie ein Gedanke in Guntram. Mit funkelnden Augen trat er dicht vor die Alte hin. »Heilwig! Wo ist mein Weib?«

»Was weiß denn ich? Frag an bei König Wute, der mag wohl wissen, wo seine hundert Töchter hausen.«

»Laßt mich in Ruh mit Euren dummen Mären und redet im Ernst! Wo ist mein Weib?«

»Ich hab dir schon gesagt, ich weiß es nicht!« Die Alte wollte sich zum Gehen wenden.

Aber Guntram vertrat ihr den Weg. »Heilwig!« schrillte seine Stimme. »Noch einmal: wo ist mein Weib? Redet, sag ich! Es steht ja auf Eurem Gesicht geschrieben ... Ihr habt sie heute nacht schon gesehen!«

»Nein, nein, ich hab sie nicht gesehen!« stotterte Heilwig und versuchte den Jäger vom Pfad hinwegzuschieben. »Und hätt ich sie gesehen, so wärst wohl du der allerletzte, zu dem ich reden tät. Ich mag mir das Maul nicht verbrennen! Bei so was ist schon das Wissen Gift und Reden Feuer! Laß mich meiner Wege gehen!« Sie stapfte, da sich Guntram auf dem schmalen Pfad nicht rührte, in den tiefen Schnee hinaus.

Doch der Jäger faßte sie mit zitternder Faust am Handgelenk. »Wissen Gift und Reden Feuer, sagt Ihr? So also? So steht's?« Ein heiseres Gelächter schütterte von seinen Lippen. »Wenn Ihr nicht sagen wollt, wo ich mein Weib zu suchen hab … meinethalben! Ich kann Euch nicht schlagen und zwingen!« Erschrocken wich Heilwig vor ihm zurück. »Vielleicht aber …« und seine Stimme bekam einen schneidenden Klang, »vielleicht aber sagt Ihr mir, wo Euer Bub ist? Uzzo?«

»Wo mein Bub jetzt ist, das weiß ich schon!« stammelte die Alte. »Und du magst es auch wissen … daheim ist er!« Sie riß sich los und eilte gegen den Waldsaum; hier blieb sie stehen und schrie mit keifender Stimme zurück: »Und wo er morgen sein wird in aller Gottesfrüh, das weiß ich auch: drinnen im Kloster, und von Pater Ortolf soll er sich weihen lassen, feien und segnen, bis von seinem armen, guten Herzen der böse Zauber abfällt, den dein Weib über ihn geworfen … die rote Feuerhex!«

»Heilwig!« keuchte der Jäger und griff in die Luft.

Aber die Alte war schon im Wald verschwunden; nur ihre Stimme kreischte noch: »Ja, ja, ja, dein Weib! Dein Weib!«

Wie von einem Keulenschlag getroffen, stürzte Guntram in den Schnee und schluchzte, als wollt' es ihm die Brust zerreißen.

So weit also war es schon gekommen, daß die Leute davon reden durften ohne Scheu: dein Weib, dein Weib! Stöhnend sprang Guntram auf, zerdrückte mit den Fäusten die Tränen in seinen Augen und starrte nach der Stelle des Waldes, an welcher Heilwig verschwunden war. »Was sie sagte, ist so wahr und klar, daß es dawider kein Denken nimmer gibt! Von allem, was sie geredet hat, war nur eins gelogen: daß ihr Bub daheim wär! Was hätt sie denn hier bei der Windach und in der Nacht zu suchen gehabt, wenn nicht ihren Buben? Sie ist wohl lang schon dahintergekommen, was er hat mit meinem Weib ... und ist ihm nachgegangen heute nacht ... und hat ihn gefunden ... mit *ihr!* Weshalb sonst wär sie erschrocken bei meinem Anblick ... und weil sie Angst bekam um ihren Buben, hat sie gelogen und mir vorgeplauscht: er wär daheim!« So flogen unter Guntrams brennender Stirn die Gedanken. Drohend hob er die Faust gegen den Wald und murmelte: »Geh nur ... jetzt will ich ihn suchen. Und hab ich ihn gefunden, dann schick ich ihn heim in eine Stube, an der der Zimmermann die Tür vergessen hat!«

Er spähte über das weite, mondhelle Tal. »Suchen! Suchen! Aber wo?« Ein Schauer rüttelte seinen Körper, an dem die durchnäßten Kleider starr geworden in der Kälte. Er lachte gellend auf. »Was muß das eine heiße Liebe sein, der es nicht zu kalt wird in solch einer Nacht!« Aber mitten im Lachen kamen ihm wieder die Tränen.

Ziellos sprang er durch das verschneite Gebüsch, über Halden und Gräben, und immer blieb er spähend stehen, wie ein gehetztes Wild, das seine Verfolger kommen sieht von allen Seiten und keinen Ausweg findet.

Nun wieder stand er ratlos. »Wär nur meine Wela noch am Leben, dann hätt ich bald gefunden, was ich suche!« Er starrte nieder auf den schimmernden Schnee, und ein häßliches Lächeln verzerrte seine blutleeren Lippen. »Hab ich denn nicht den weißen Leithund, der mich sicherer führt als jeder andere!«

Mitten durch die Dickung eilte er dem Ufer der Windach zu, folgte talaufwärts dem Lauf des Baches, und es währte nicht lange, so hatte er Uzzos Fährte im Schnee gefunden. Schritt um Schritt, gebückten Leibes, mit glühenden Augen niederstierend auf den weißen Grund, verfolgte er die Spur des Fischers. Nun lenkte sie hinweg vom Ufer der Windach und führte quer durch den Wald auf einen breiten Almenpfad; und da mischte sich mit ihr eine zweite Fährte: die Spur eines kleinen, schmalen Frauenfußes – und noch eine dritte und vierte: die Spur der beiden Füchse!

Schwer atmend richtete sich Guntram auf, und langsam tastete seine zitternde Hand nach dem Griff des Weidmessers. »Jetzt hab ich sie!« Er spähte den Pfad entlang und sah im hellen Mondschein das Dach der nahen Sennhütte leuchten. »In dieser Hütte!« brach es mit stöhnendem Laut aus seiner Kehle. »Wo mein Glück begonnen, da soll es nun enden in Schmach und Schmerzen?« Seine Stimme verwandelte sich. »Nein, in Blut!«

Er lockerte das Messer in der Scheide, strich mit dem Arm die triefenden Haare aus der Stirn und ging der Hütte zu …

Durch die Lücken des Sparrenwerkes leuchtete ein rötlicher Schein. Es brannte ein helles Feuer auf dem Herd, und neben den züngelnden Flammen saß der Fischer an die Balkenwand gelehnt, mit geschlossenen Augen. Er schlief, und ein leises Lächeln umspielte im Traum seine bleichen Lippen.

Ihm war, als wandre er zur Frühlingszeit bei sinkendem Abend von der Windach heim nach seiner Hütte. Aus allen Lüften hauchte der Duft der jungen Blumen, die wilden Immen summten, es schlugen die Finken, und schmelzend klang aus dichten Büschen der Amselruf. Wohin er blickte, wohin er lauschte, überall winkte ihm eine Freude, doch überall auch eine Mahnung an sein stilles Leid. Waren die Heckenrosen nicht weiß und rosig angehaucht wie Isas Wangen, die Ringelblumen golden wie ihr Haar, die sprossenden Almrauschknospen brennend rot wie ihre Lippen? Klang nicht der Amselruf so süß wie ihre Stimme, und tönte das Gesumm der Immen nicht wie jene leisen, wundersamen Lieder, die er Isa singen hörte, wenn er vorüberschlich am Jägerhaus? Er seufzte und seufzte. Wie hatte er doch so schwer zu tragen an seinem Herzen! Auf seinem Rücken aber auch; denn das Lägel hatte Vollgewicht; so reichlich war dem Fischer noch selten der Fang gelungen wie an diesem Tag. Und es schien fast, als wollte seine Beute sich noch vermehren; denn als er an einem blauschimmernden Becken der Windach vorüberging, sah er in der stillen Flut eine große Forelle spielen; sie stand tief unten im Wasser, und dennoch blitzte ihr Leib wie im Widerschein der Sonne, die doch lange schon hinter die Berge gesunken war. Hurtig warf Uzzo die Schnur, und der Köder hatte noch kaum den Spiegel des Wassers berührt, da sprang die Forelle schon und zappelte an der Angel. Wie aber staunte der Fischer, als er den Fang vom Haken löste; solch eine Forelle hatte er all seiner Lebtag nicht gesehen: Ihr Schuppenkleid war von eitel schwerem Silber, und statt der roten Punkte trug die Forelle zwei Reihen funkelnder Granaten. Doch Uzzo sollte noch mehr erstaunen; denn plötzlich begann der Fisch zu sprechen und sagte: »Hätt ich gewußt, daß die Angel so bitter schmeckt, dann hätt ich mich nicht fangen lassen!«

»Ein sprechender Fisch! Das ist ja heilig ein Wunder!« meinte Uzzo. »Wer bist du denn?«

»Ich bin die Forellenfee.«

»Eine Fee? Das glaub ich nicht! Wärst du eine Fee, dann hättest du die Angel wohl gekannt, und ich hätte dich nie und nimmer gefangen.«

»Du Närrlein! Ich hab mich doch gerne fangen lassen!« sagte die Forellenfee. »Denn ich bin dir gut. Wohl hast du mir schon viele Hunderte meiner Untertanen geraubt, aber dafür bist du halt ein Fischer! Doch weiß ich auch, du hegst meine Brut und schonst meine kleinen Kinder. Das will ich dir danken. Und deshalb hab ich mich von dir fangen lassen, denn ich hatte Erbarmen mit dir.«

»Erbarmen?« stammelte Uzzo. »Weshalb Erbarmen?«

»Geh, tu nur nicht so heimlich! Oder meinst du, ich wüßte nicht, wie es steht um dich? Hab ich dich hier am Ufer nicht sitzen sehen, ganze Stunden, oft ganze Tage lang, klagend und weinend? Sind nicht deine Tränen in das Wasser gefallen, so zahlreich, daß meine süße Quelle schier so bitter schmeckt wie Meerflut?«

Der Fischer seufzte.

»Siehst du«, sagte die Forellenfee, »reden willst du nicht, und es steigt dir doch das Herz auf die Lippen. Aber ich will dir helfen!«

»Ach! Wer mich erlösen könnte von meinem Weh!«

»Ich hätte dir wohl sagen können: Komm herunter zu mir in meinen stillen, kühlen Palast, dann hat es jäh ein End mit all deinen Schmerzen. Aber es ist nun einmal anders über dich beschlossen. Du sollst von deinem Leid genesen durch die Wunderkraft einer Blume, die für dich an einer Stelle dieses Tales blüht. Alles an dieser Blume ist rot, der Stengel, die Blätter und die Blüten ...«

»Die Blume kenn ich nicht! Wie heißt sie?«

»Schmerzentrost!«

»Wie soll sie mir helfen?«

»Berühre nur mit ihr die Stelle deines Herzens, und jäh wirst du genesen von allem Schmerz und Kummer.«

»Wo aber find ich die Blume?«

»Sie blüht ...« Die Forellenfee verstummte und zappelte heftig zwischen Uzzos Händen; er sah, wie sie sich zu sprechen quälte; aber nur mühsam brachte sie noch einige Worte hervor: »Meine Kehle trocknet ... setze mich schnell zurück in mein Reich ...«

Hastig neigte sich Uzzo und ließ die Forelle ins Wasser gleiten, in dem sie flink umherschoß. Der Fischer aber flehte: »Ich beschwöre dich, nur ein einziges Wörtlein sage mir noch ... wo blüht mein Schmerzentrost?«

Da tauchte die Forelle halb aus der Flut. »Frage Guntram, den Jäger, der kennt die rote Blume und wird sie brechen für dich!« Plätschernd überschlug sich die Forelle und tauchte hinunter in die bodenlose Tiefe des Beckens.

Lange stand Uzzo und starrte in die Flut, auf deren Spiegel die zarten Wellenkreise sacht verschwammen. Endlich blickte er auf. »Ja, ich will zu Guntram gehen und will ihn fragen. Weshalb soll er mir die Blume nicht gönnen wollen. Hab ich ihm doch nie in meinem Leben was zuleid getan!« Er ließ die Angelrute und das Lägel im Stich und eilte bei dunkelndem Abend dem Jägerhaus entgegen.

Da sah er über die Büsche einen roten Schein emporzukken. Erschrocken hielt er inne und flüsterte: »Die Elfen tanzen!« Doch nein – der Glanz erweiterte sich, und helle Flammen loderten auf. »All ihr Heiligen!« schrie er. »Das Haus des Jägers brennt!« Und in rasender Eile stürzte er dem Unglückshaus entgegen, um zu helfen und zu retten. Von weitem schon hörte er die Füchse bellen und heulen, als wären sie toll geworden! Nein doch, nein, das waren ja Menschenstimmen, gellende Schreie der Angst und Verzweiflung.

Er rannte und rannte, keuchend erreichte er den Hag – Mutter Sanna und das Weib des Jägers standen händeringend vor dem brennenden Haus – »Isa! Isa!« schrie er – und sie lief ihm schluchzend entgegen und jammerte, ihr Kindlein wäre noch im Haus und müsse verbrennen. Das Dach stand in hellen Flammen und drohte einzustürzen mit jedem Augenblick, aus Tür und Fenster wirbelte der dicke Rauch – aber Uzzo besann sich nicht, er kämpfte sich durch Qualm und Feuer und legte das gerettete Kind in Isas Arme. Aber Guntram? Wo ist Guntram? Auch er im brennenden Haus! Uzzo zögerte – aber er sah die Verzweiflung in Isas Augen, der jammervolle Aufschrei ihres liebenden Herzens schnitt ihm in die Seele – und wieder stürzte er sich in Rauch und Flammen und schleppte den schon halb Erstickten aus dem brennenden Haus. Langsam erholte sich Guntram, und als er wieder bei Sinnen war, umschlang und küßte er sein Weib und seine Mutter und herzte sein Kind. Schweigend stand Uzzo abseits, mit versengtem Haar und verbrannten Händen und freute sich des Glückes dieser Menschen. Da wandte sich Guntram zu ihm. »Ich habe dir viel zu danken, Uzzo!« sagte er.

»So dank es mir«, lächelte der Fischer, »und gib mir die rote Blume Schmerzentrost!«

»Die sollst du haben!« erwiderte der Jäger mit seltsam verwandelter Stimme und faßte Uzzos Hand. Aber das war nicht der freundliche Druck des Dankes – das war ein wilder, eiserner Griff, daß Uzzo sich stöhnend krümmte.

»Laß doch!« klagte er. »Du zerdrückst mir ja die Finger!«

»Hast du mir nicht das Herz zerdrückt?« schrillte die Stimme des Jägers.

Uzzo starrte ihn an, als verstünde er diese Worte nicht, er blickte um sich mit verstörten Augen – und da sah er die rußgeschwärzten Balken der Sennhütte, sah das lodernde Feuer auf dem Herd – nein, das war kein Traum, er wachte – und Guntram stand vor ihm, mit totenblassem, verzerrtem Gesicht, die Augen glühend, das Gewand behangen mit Eis und Schnee, und seine Stimme keuchte: »Rede! Bist du eingeschlafen im Warten? Oder war sie schon hier? Und hat dich die Sünde so müde gemacht, daß du dich stärken hast müssen mit einem Schlaf?«

Der Fischer lallte, er konnte die Sprache nicht finden.

»Rede! Wo ist mein Weib?«

»Dein Weib?« stammelte Uzzo, noch halb befangen von seinem Traum. »Ich weiß nicht ... hier stand sie noch ... vor einem Augenblick ...«

»Und das sagst du mir ins Gesicht ... das wagst du?« schrillte Guntrams Stimme.

Da besann sich Uzzo. »Nein doch, nein ... das war ja nur

in meinem Traum ...« Erschrocken starrte er den Jäger an. »Guntram! Was willst du von mir? Du hast ein Gesicht zum Fürchten ... deine Augen blicken böse ...«

»Schießt dir die Furcht in das schlechte Herz, weil du merkst, daß die Stunde gekommen ist, wo es ans Richten geht? Du hast mir mein Weib genommen, das mir mehr gegolten hat als mein Leben ... jetzt, Fischer, zahl!« Die Hand des Jägers zuckte nach dem Messer.

»Herr Jesus!« schrie Uzzo; nun verstand er und streckte wehrend die Arme. »Guntram! Laß dir sagen ...« Aber da blitzte schon der Stahl in Guntrams Hand und bohrte sich bis ans Heft in die Brust des Fischers. Uzzo taumelte zurück, aus seiner Wunde sprudelte der rote Quell, mit erlöschenden Augen starrte er auf die von Blut überströmten Hände, und während er erbleichend niedersank, lispelte er unter mattem Lächeln: »Mein Blümlein Schmerzentrost ...«

Guntram, in der Faust die blutige Waffe, starrte mit gläsernem Blick auf den Erschlagenen nieder, der sich noch stöhnend regte, überzittert vom Schein des versinkenden Herdfeuers. Ein Schauer rüttelte den Jäger, scheu blickte er hinter sich, doch alles war still, nur die Kohlen knisterten. Seine Augen suchten die Tür und hefteten sich wieder auf den Sterbenden. »Ich bin zu rasch gewesen ... ich hätte warten sollen auf eine andere Stunde ... ich hätte sie fassen sollen allbeid miteinander ... mit *einem* Stoß ... oder mit *einem* Schuß, wie selbigsmal die beiden Füchse ...«

Da fiel ihn ein jähes Grauen an, er wich zurück, und die Waffe klirrte aus seiner Hand zu Boden – neben dem Erschlagenen aber sah er zwei rote Füchse kauern, einen zur

Rechten und einen zur Linken, er sah sie an der Brust des Fischers nagen mit scharfen Zähnen – Guntram wollte sie verscheuchen, aber sie wichen nicht – er griff sich an die Stirne, er fuhr mit zitternden Händen über seine Augen – und nun plötzlich sah er die Füchse nicht mehr, sah nur zwei rote Bächlein, die aus Uzzos Wunde niederrannen über seine Brust und auf der Erde sich breit machten, eins zur Rechten, eins zur Linken – und sah, wie der Sterbende sich mühsam aufzurichten suchte und zu ihm emporschaute mit trauervollem Blick.

»Guntram! Du hast unschuldig Blut vergossen! Es soll nicht kommen über ...« Da erlosch die Stimme des Fischers; er sank zurück, griff mit zuckenden Fingern, die Wunde entblößend, nach der Stelle seines Herzens, seufzte noch einmal tief und streckte die Glieder.

»Fährst du hinüber mit einer Lüge?« Guntram stürzte auf die Knie, faßte Uzzo an der blutüberströmten Brust und rüttelte ihn. »Die Wahrheit! Sag die Wahrheit!« Doch Uzzos bleiche Lippen blieben stumm; nur die breite Wunde klaffte wie ein roter Mund, der sprechen will und die Sprache nimmer findet.

Röchelnd, als läge eine würgende Hand an seiner Kehle, sprang Guntram auf und taumelte aus der Hütte.

12

Er stand im Schnee, zitternd, mit klappernden Zähnen, mit irr blickenden Augen. Alles flimmerte im Mondschein: der weiße Grund, das Dach der Hütte, der verschneite Wald, die Zinnen der Berge, der fahle Himmel, alles, alles.

Er rannte talwärts – er besann sich und stürzte gegen den Wald, hielt inne, wankte zurück nach der Hütte und stand nun wieder; und überall sah er rote Füchse um sich her, so klein, als wären sie erst geboren in dieser Stunde, und sie alle liefen auf ihn zu; aber nein doch, nein, das waren keine Füchse, das waren nur rote Flecken im Schnee – wohin er getreten war, überall eine blutige Spur auf weißem Grund.

»Blut! Unschuldig Blut!«

Guntram erschrak vor dem Klang seiner Stimme. Bebend am ganzen Körper blickte er nach der offenen Tür der Hütte, in welcher matt noch die erlöschenden Kohlen leuchteten – er sah eine dunkle, regungslose Masse auf dem Boden liegen und sah etwas Weißes, schier wie ein Flecklein Schnee: das bleiche Gesicht des Ermordeten.

»Er hat gelogen! Alles Lug und Trug, alles, alles! Er *muß* gelogen haben! Wohin denn wäre mein Weib gegangen, wenn nicht zu ihm?«

Mit glühenden Augen suchte er die verräterischen Spuren

im Schnee; doch wo er stand, war keine Fährte mehr zu erkennen, seine eigenen Schritte hatten Uzzos Spur zertreten und verwischt. Wo war nur die Stelle, an welcher er die beiden Fährten gefunden? Dort, bei jener jähen Wendung des Pfades! Er stürzte hin zu der Stelle, bückte sich zur Erde, und wieder fand er die beiden Spuren: die tiefen Fußtapfen des Fischers und die kleinen, schmalen, kaum merklich im Schnee versunkenen Tritte des Weibes.

»Gelogen hat er! Gelogen! Und ist mit dieser Lüge hinüber ...«

Seine Stimme erlosch; denn jetzt gewahrte er, daß die beiden Fährten nicht in gleicher Richtung liefen – sie kreuzten sich: Über die Spur des Fischers, die zur Hütte führte, ging die Fährte des Weibes hinweg, dem Bergwald zu, in der Richtung gegen die Trischuba. Nur die Spur der Füchse lief hinter Uzzos Fährte her bis zur Tür der Almhütte.

Von Guntrams Lippen schütterte ein gellendes Gelächter, das der Wald zurückwarf mit hohlem Echo. Der Jäger lauschte, als hätte er eine fremde Stimme vernommen, nicht den Widerhall seiner eigenen.

»Isa? Isa?« schrie er in Angst und Verzweiflung.

»Ja ... Ja ...« rief der Bergwald dumpf zurück.

»Mein Weib! Wo ist mein Weib?«

Da war ihm, als hörte er hinter seinem Rücken ein boshaftes Kichern. Scheu und langsam blickte er sich um – die alte Heilwig stand vor ihm, mit grinsendem Gesicht, mit wakkelndem Kopf, und kicherte: »Frag an bei König Wute, der mag wohl wissen, wo seine hundert Töchter hausen!«

»Verwünschte Hexe!« schrie Guntram in schäumender

Wut, stürzte auf die Alte zu und griff nach ihrem Hals; aber sie wuchs vor ihm in die Höhe, daß ihr graues Haupt schier an den Himmel stieß, und als er zugriff, fühlte er zwischen seinen Händen den Stamm einer Fichte, von deren erschütterten Zweigen der Schnee in dicken Klumpen auf ihn niederfiel.

»Mein Weib! Wo ist mein Weib?« Er starrte umher in der mondhellen Nacht, und da war ihm jählings, als sähe er Feuer überall, ein zuckendes Flämmlein auf jedem Wipfel des Waldes, auf jedem Zweig, und um die Höhe der Trischuba zitterte ein Glanz und ein Leuchten, als wären die Almen mit Erde, Schnee und Felsen in hellen Brand geraten. Bebend stand er und lauschte. Durch die flimmernden Lüfte schwoll es süß und weich einher wie Saitenklang und singende Stimmen. Die wundersame Weise machte ihm alle Sinne wirbeln, es faßte ihn wie mit Händen und zog ihn, er taumelte Schritt um Schritt, er fing zu laufen an, er rannte durch den flammenden Wald, er kletterte empor über glühenden Schnee und lodernde Felsen, keuchend, triefend von Schweiß und dennoch schauernd vor Kälte, ein irres Lächeln um den verzerrten Mund, in den funkelnden Augen den Blick des Wahnsinns.

Eine Felswand sperrte seinen Weg, so steil, daß auf den kahlen Platten kaum eine Gemse Pfad und Halt gefunden hätte für ihren schmalen Huf. Doch Guntram klammerte sich an das Gestein mit gekrümmten Fingern und zog sich empor von Spalte zu Spalte; immer, wenn er schon zu stürzen drohte, rettete ihn wieder ein tollkühner Sprung. Mit erlöschenden Kräften gewann er die Höhe. Da lag vor ihm das ebene Almfeld, aber nicht im Dämmerschein der Mondnacht, nicht bedeckt von Eis und Schnee, sondern in tagschöner Helle, grünend in üppigem Graswuchs, überblüht von duftenden Blumen. Guntrams Augen staunten nicht; er lachte nur leise und riß die Armbrust von der Schulter; denn was er sah mit dem ersten Blick, war ein Gewimmel von Füchsen; hastig duckte er sich hinter dichtes Gebüsch und legte einen Bolzen in die Schiene.

»Zwei muß ich haben!« kicherte er. »Zwei auf *einen* Schuß!«

Lauernd beugte er sich vor, die gespannte Armbrust an der Wange, den Finger am Bügel. Da wurden seine Augen starr, und der Anblick, der sich ihm bot, jagte ihm einen kalten Schauer durch Leib und Seele.

Hier in spielenden Gruppen, dort in behaglicher Ruhe lagen die Füchse umher in weitem Kreis. Und innerhalb dieses Kreises schwang sich eine Schar von jungen Mädchen in wirbelndem Tanz – es mochten wohl an die hundert sein – alle blühend in wundersamer Schönheit, mit wehendem Goldhaar, alle in weißen, fliegenden Gewändern, deren Säume verbrämt waren mit silberig schimmerndem Dunenpelz. Kein Spielmann war zu sehen, und dennoch klang eine süße, sinnbestrickende Musik. Woher? Aus den Lüften? Aus der Erde? Aus den Kelchen der blühenden Blumen? Oder aus den rauschenden Flammen all der hundert Fackeln, die, von den Tänzerinnen getragen, leuchtend und strahlend durcheinandergaukelten, als wären die Sterne vom Himmel gefallen und hätten sich geschart zu wirbelndem Reigen. Und zwischen lodernden Flammen und wehendem Goldhaar flatterten weiße Schleier und wallten und flossen ineinander wie dünne Nebel, mit denen der Sturmwind spielt. Und all dieses Wirbeln, Wehen, Flattern und Leuchten schlang sich im Ring um einen hohen steinernen Sitz, auf dem die Gestalt eines greisen Mannes ruhte, vom faltigen Mantel umhüllt wie von einer dunklen Wolke, die Brust überflossen von eisgrauem Bart, auf dem Haupt einen grauen Hut, dessen hängende Krempe ein Auge bedeckte. Regungslos, wie versteinert, saß er und blickte auf den leuchtenden Reigen der holden Gestalten nieder, welche lachten und jauchzten mit silberhellen Stimmen. Von ihnen allen lachte nur eine nicht. Wohl schwang auch sie die Fackel wie all die anderen, wohl wirbelte auch sie wie all die anderen so flink und geschmeidig sich im Tanz, daß ihr Goldhaar ausgebreitet flatterte gleich einem lodernden Strahlenglanz; doch ihre Züge waren starr und bleich, ihr Auge blickte traurig, und ihre Lippen lagen herb geschlossen, müd und schmerzvoll.

Guntram erkannte die stille Tänzerin. »Isa!« wollte er schreien; aber nur ein stöhnender Laut entrang sich seiner Kehle.

Da hob der Alte auf dem steinernen Sitz das Haupt. »Ich sehe zwei trübe Lichter, die mein Auge quälen!« rief er und deutete nach dem Busch, aus welchem Guntrams Augen funkelten. »Blast diese trüben Lichter aus!«

Der Reigen stockte, heulend sprangen die Füchse auf und stürzten gegen den Busch. In Guntrams Adern machte Entsetzen und jäher Schreck das Blut wie zu Eis gerinnen. Er wollte fliehen, aber schon waren die Füchse hinter ihm; hastig wandte er sich, streckte mit zitternden Händen die Armbrust vor sich hin, und blind, ohne zu zielen, tat er den Schuß. Die Sehne schnurrte, es flog der Bolz, doch keiner von den Füchsen fiel – aber eine der Tänzerinnen schwankte aus dem Reigen und preßte stöhnend die Hände auf die Stelle ihres Herzens, während rote Tropfen niedersickerten über das weiße Kleid.

Ein hundertstimmiger Schrei, schrill und gellend – und jäh war all der leuchtende Glanz erloschen, die Musik verstummt, das Grün und die duftenden Blumen verschwunden. Und tiefer Schnee bedeckte das weite Almfeld im Dämmerschein der schwindenden Mondnacht.

Aus Guntrams Händen fiel die Armbrust. Er stand mit schlotternden Knien, mit lallender Zunge und gesträubtem Haar, rings um ihn die eisige Öde der Berge, und über den grauen Schnee sah er die Füchse einherhuschen gleich jagenden Wolkenschatten, eine lange, lange, heulende Meute. Er wandte sich zur Flucht, rannte und stürzte, raffte sich auf, schrie und keuchte, rannte wieder – und hinter ihm her die kläffenden Füchse, wie läutende Schweißhunde hinter einem wundgeschossenen Wild. Er stürzte talwärts, und sie holten ihn ein; er rannte bergan, und sie waren auf seinen Fersen; er kletterte empor über kahles Gestein, und sie schnellten sich hinter ihm her von Fels zu Fels und zwangen ihn zum Sprung in die Tiefe, zu neuer Flucht. Er rannte und rannte, bald geraden Weges, bald im Bogen und in jähen Widersprüngen, keuchend und triefend von Schweiß, blutigen Schaum vor den Lippen – und immer hinter ihm die Füchse, deren Geheul widerhallte aus dem Wald und von den Wänden. Seine Kräfte erloschen, er stürzte, sprang wieder auf und taumelte, und da hatten sie ihn eingeholt und wimmelten um ihn her im Knäuel mit glühenden Augen und gefletschten Zähnen, sprangen empor an seinen Gliedern, bis zur Brust, bis zu den Schultern, bis zum Hals, und rissen ihm das Gewand vom zitternden Leib. Er keuchte und schrie, er schüttelte und wehrte sich, er schlug nach ihnen mit den Fäusten, aber sie hingen fest an ihm und zerfleischten mit hauenden Zähnen seine Hände und Arme, daß das Blut von ihm niedertroff wie die schweren Tropfen von einem Baum, der im Regen steht. Schon waren ihm die Arme lahm, doch stieß er in verzweifeltem Widerstand noch mit den Füßen um sich und kämpfte sich vorwärts Schritt um Schritt, bis jählings der Schnee hinwegrieselte unter seinen Sohlen. Winselnd stoben die Füchse zurück vom Rand des Abgrunds, Guntram aber taumelte, kreischend suchte er nach einem Halt, doch seine blutigen Hände griffen nur die leere Luft, und da sank er schon, umwirbelt von einer Wolke Schnee. Im sausenden Fall erstickte ihm fast der Atem, dumpf klatschend stürzte er mit vollem Körper auf eine schräge Platte, wälzte sich stöhnend, kam ins Rollen, stürzte wieder – und lag am Fuß der Felswand mit zerschmetterten Gliedern, halb verschüttet vom nachrinnenden Schnee.

Mit erlöschenden Augen starrte er empor. Hoch über ihm der Himmel, von dem der Mond geschwunden war und dessen Sterne schon erblaßten im Grau des nahenden Morgens – und über dem Rand der Felswand, Kopf an Kopf gedrängt, die Meute der Füchse, winselnd, kläffend und heulend. Nun plötzlich verschwanden sie, ihr Heulen tönte ferner, dann wieder näher und immer näher; sie hatten einen Weg in die

Tiefe aufgespürt. Wie rote Schatten kamen sie herbeigehuscht von allen Seiten, die Nasen schnuppernd auf den weißen Grund gestreckt. Jetzt fanden sie, was sie suchten; heulend drängten sie sich zusammen, scharrten und wühlten im roten Schnee, und mit wilder Gier über das wehrlose Opfer fallend, faßten sie die Glieder, die Schultern, den Hals, zerrissen die Brust und schlugen die Zähne in das zuckende Herz.

»Isa! Isa!« rang es sich noch mit röchelndem Laut aus Guntrams zerfleischter Kehle. Dann brachen ihm die Augen, und das Leben rann ihm aus mit seinem heißen Blut, welches dampfte im schmelzenden Schnee …

Der Morgen graute.

Von den Bergen strich ein eisiger Wind hernieder über die Wälder und das Tal entlang. Der Himmel erblaßte, im Osten stiegen zarte Farben auf, und bald überhauchte ein rosiger Glanz die höchsten Zinnen.

Nahe der steilen Felswand, die von der Trischuba niederstürzte in den Talwald, zog eine Gemse aus den Krummföhren, um ihre karge Äsung zu suchen. Kaum hatte sie den freien Schnee betreten, da warf sie witternd das Haupt auf; sie stutzte, und erschreckt von dem blutigen Greuel, den sie gewahrte, floh sie der Felswand zu und schnellte sich empor von Stein zu Stein, scheu und ängstlich immer niederblikkend in die Tiefe. Als sie die Höhe erreichte, löste sich unter ihren Hufen ein Klümplein Schnee und rinnender Sand. Ein Rieseln begann, ein Gleiten und Rollen, der Schnee einer breiten Platte kam ins Rutschen und riß mit sich, was alles in seinem Wege lag, die ganze steile Felswand geriet in Bewegung, Schneewolken wirbelten, Steine hüpften, Felsen sprangen, und donnernd stürzte die Lawine über den Talwald, die hundertjährigen Bäume brechend wie dünne Gerten, alles hoch verschüttend, was der Felswand zu Füßen lag.

Noch ein dumpfes Murren in den Lüften, ein leise in der Ferne verzitternder Widerhall – dann lautlose Stille. Nur tief aus dem Tal herauf, vom Ufer der Windach her, eine rufende Stimme: »Uzzo! Uzzo!« Dann wieder nach einer Weile, ein wenig näher, mit angstvollem Klang: »Uzzo! Mein Bub! ... Uzzo! Uzzo!« Ein dumpfes Echo antwortete dem Ruf.

Es wuchs das Licht, und mit zitterndem Gefunkel zuckten die Strahlen der steigenden Sonne über den Grat der Berge her. Ein gleißender Schein fiel über den Bergwald, zwischen dessen Bäumen ein junges Weib in weißschimmerndem Kleid herunterstieg mit müden Schritten. Die schönen Züge waren blaß und wie in Qual versteinert, farblos die Lippen, die bläulichen Lider halb gesunken, und um die schmalen Schultern hing das Goldhaar in wirren Strähnen. Die eine Hand, schlaff niederhängend, umklammerte noch den erloschenen Stumpf einer Fackel, die andere Hand war auf den Busen gedrückt, und zwischen den Fingern ragte an der Stelle des Herzens der gefiederte Schaft eines Pfeiles wie ein erstarrter, unvergänglicher Schmerz.

Der Weg der Einsamen ging das Tal entlang bis zum Jägerhaus. Sie brauchte das Hagtor nicht zu öffnen, von selber sprang es auf vor ihr. Nicht zur Rechten, nicht zur Linken blickend, mit gesenkten Augen betrat sie das Haus, ließ die erloschene Fackel sinken, durchschritt den Flur und stieg die Treppe empor.

In der kleinen Stube lag Mutter Sanna noch immer schlummernd, freundlich lächelnd im Traum.

Ein leises Zittern befiel das blasse Weib, als es vor dem Lager stille hielt und sich langsam über Mutter Sanna neigte; es küßte der Schlummernden die Stirn und hauchte ihre Lippen an. Seufzend streckte sich Mutter Sanna, und über ihre Züge ging die Blässe des Todes; aber auch jetzt noch lächelte sie.

Müden Schrittes trat das junge Weib in die anstoßende Kammer und hob das schlafende Kind aus der Wiege; das kleine Dirnlein erwachte und blickte suchend umher; es streckte die Ärmchen und lallte zum erstenmal einen Namen …

Da brach das junge Weib in Schluchzen aus, drückte mit zitternden Armen das Kind an die blutende Brust und verließ das Haus, jedes leblose Ding, dem ihre Augen begegneten, noch streifend mit dem Blick der Liebe und des Schmerzes …

Glitzernde Sonne lag über allem Schnee.

Das funkelnde Tal entlang, den dunklen Schluchten der Trischuba entgegen, wanderte die junge Mutter mit ihrem Kind. Immer wieder blieb sie stehen, blickte zurück nach dem verlassenen Haus, die bleichen Wangen von stillen Tränen überflossen – und wanderte –

Ein sachter Windhauch, welcher spielend den Schneestaub trieb, verwehte die Spur ihres Weges.

Eine seltsame Geschichte! Nicht wahr, mein freundlicher Leser? Auf der Kalbrunner-Alm, im Salzkammergut, habe ich sie in stiller Dämmerstunde von einem alten Hüter gehört. Es war ein gebeugtes, weißhaariges Männlein, mit Namen Jochei.

Ich habe die Geschichte hier etwas ausführlicher erzählt als mein Gewährsmann auf der Kalbrunner-Alm – aber ganz gewiß nicht so gut! Denn während der alte Jochei sprach, redeten noch andere wirksame Stimmen mit: das Rauschen des flammenden Herdfeuers, das sachte Läuten der rings um die Hütte liegenden Rinder, die vom Winde halb verwehten Lieder und Jauchzer, welche über das weite Tal herüberklangen von der Kermaden-Alm, und das geheimnisvolle Weben und Flüstern der mondhell über den Bergen liegenden Sommernacht.

Als Jochei geendet hatte, schwieg ich lange. Dann fragte ich: »Woher hast du die Geschichte?«

»Von meinem Ahnl.«

»Und du glaubst wohl, daß all das wahr ist?«

Er sah mich mit kleinen Augen an. »Das kann wohl niem'nd nit sagen, ob's wahr ist oder nit! Dabeigewesen ist freilich keiner. Aber muß denn alles verlogen sein, was einer nit greifen kann mit Händ?« Er faßte ein Scheit und stocherte in den glühenden Kohlen. »Ja, Herr, schauen S' ... wenn ich beispielmäßig sagen tät: 's Glück? Steht's denn anders mit 'm Glück? Kommt 's Glück nit auch, und keiner weiß woher? Und geht's nit wieder, und keiner weiß wohin? Und keiner noch hat's in der Hand gehalten und hat dran kratzen können und schmecken. Wär ebba deswegen 's Glück nit wahr, Herr? Das mag mir keiner nit weismachen ... denn wie wahr 's Glück sein mag, das hab ich selber verspürt!« Er atmete tief und sah mit feuchten Augen in die Flammen. »So klein ist mein Häusl gewesen … und so ein groß Glück hat drin hausen mögen, bis …« die müde Stimme schwankte, »bis ich's verjagt hab und vertrieben!« Über die furchigen Backen fiel eine Zähre in die heiße Asche des Herdes.

»Jochei?«

Er strich sich mit zitternder Hand das weiße Haar in die Stirn. »Ja, Herr … ich hab halt auch die Füchs in mein Haus getragen!« Seufzend erhob er sich und verließ die Hütte.

Himmel und Berge waren in Flimmer getaucht. Neben dem Vollmond funkelten nur matte Sterne. In weiter, duftumsponnener Ferne stieg aus der Nacht ein riesenhafter schimmernder Bau empor, ein silbernes Feenschloß, ein Zauberpalast mit wundersamen Hallen, Säulen und Türmen. Hätt' ich nicht genau gewußt, daß es wirkliche, feste Berge waren: die Gletscher und Schneehalden des Großglockners – ich hätt' es wohl für ein Märchen halten mögen, für ein Wunder!